共和国故事

深刻教训

——大兴安岭发生特大火灾

董 胜 编写

吉林出版集团股份有限公司

图书在版编目（CIP）数据

深刻教训：大兴安岭发生特大火灾/董胜编. —

长春：吉林出版集团股份有限公司，2009.12

（共和国故事）

ISBN 978-7-5463-1800-4

Ⅰ．①深… Ⅱ．①董… Ⅲ．①纪实文学－中国－当代 Ⅳ．①I25

中国版本图书馆 CIP 数据核字（2009）第 236767 号

深刻教训——大兴安岭发生特大火灾

SHENKE JIAOXUN　　DAXINGANLING FASHENG TE DA HUOZAI

编写　董胜

责任编辑　祖航　林丽

出版发行　吉林出版集团股份有限公司

印刷　三河市嵩川印刷有限公司

版次　2010 年 1 月第 1 版　　　　2022 年 1 月第 9 次印刷

开本　710mm×1000mm　1/16　　　印张　8　字数　69 千

书号　ISBN 978-7-5463-1800-4　　　定价　29.80 元

社址　吉林省长春市福祉大路 5788 号

电话　0431－81629968

电子邮箱　tuzi8818@126.com

前　言

　　自 1949 年 10 月 1 日中华人民共和国成立至今,新中国已走过了 60 年的风雨历程。历史是一面镜子,我们可以从多视角、多侧面对其进行解读。然而有一点是可以肯定的,那就是,半个多世纪以来,在中国共产党的领导下,中国的政治、经济、军事、外交、文化、教育、科技、社会、民生等领域,都发生了深刻的变化,中国人民站起来了,中华民族已屹立于世界民族之林。

　　60 年是短暂的,但这 60 年带给中国的却是极不平凡的。60 年的神州大地经历了沧桑巨变。从开国大典到 60 年国庆盛典,从经济战线上的三大战役到经济总量居世界第三位,从对农业、手工业、资本主义工商业的三大改造到社会主义市场经济体制的基本确立,从宜将剩勇追穷寇到建立了强大的国防军,从废除一切不平等条约到独立自主的和平外交政策,从"双百"方针到体制改革后的文化事业欣欣向荣,从扫除文盲到实施科教兴国战略建设新型国家,从翻身解放到实现小康社会,凡此种种,中国人民在每个领域无不留下发展的足迹,写就不朽的诗篇。

　　60 年的时间在历史的长河中可谓沧海一粟。其间究竟发生了些什么,怎样发生的,过程怎样,结果如何,却非人人都清楚知道的。对此,亲身经历者或可鲜活如昨,但对后来者来说却可能只是一个概念,对某段历史的记忆影像或不存在,或是模糊的。基于此,为了让年轻人,特别是青少年永远铭记共和国这段不朽的历史,我们推出了这套《共和国故事》。

《共和国故事》虽为故事,但却与戏说无关,我们不过是想借助通俗、富于感染力的文字记录这段历史。在丛书的谋篇布局上,我们尽量选取各个时代具有代表性或深具普遍意义的若干事件加以叙述,使其能反映共和国发展的全景和脉络。为了使题目的设置不至于因大而空,我们着眼于每一重大历史事件的缘起、过程、结局、时间、地点、人物等,抓住点滴和些许小事,力求通透。

历史是复杂的,事态的发展因素也是多方面的。由于叙述者的视角、文化构成不同,对事件的认知或有不足,但这不会影响我们对整个历史事件的判断和思考,至于它能否清晰地表达出我们编辑这套书的本意,那只能交给读者去评判了。

这套丛书可谓是一部书写红色记忆的读物,它对于了解共和国的历史、中国共产党的英明领导和中国人民的伟大实践都是不可或缺的。同时,这套丛书又是一套普及性读物,既针对重点阅读人群,也适宜在全民中推广。相信它必将在我国开展的全民阅读活动中发挥大的作用,成为装备中小学图书馆、农家书屋、社区书屋、机关及企事业单位职工图书室、连队图书室等的重点选择对象。

编　者
2010 年 1 月

目录

一、 发生火灾

● 汪玉峰拖着起火的割灌机狂跑的时候，所经之处的茅草和树枝都被引燃，火舌一下子上了树冠。

● 骤然醒来的残火猛地从地上腾空而起，蹿上了高达十余米的树梢。

● 黑龙江省委领导紧急抽调数千军民在绣峰林场与大火展开搏斗。

违规清林引起火源

1987 年 5 月 6 日 15 时左右，漠河县直属的西林吉林业局古莲林场一个叫汪玉峰的临时工背着割灌机，走进了大森林。

这年的 3 月 31 日，17 岁的汪玉峰从河北的农村老家来到漠河。13 天后，经人介绍，他进入古莲林场营林段清林队。汪玉峰庆幸自己找到了一份能挣钱的工作。

割灌机是用汽油做燃料的锯。汪玉峰在满是干柴的林子里背着割灌机，有一种新鲜感。他开始往割灌机里加油，一不留神，油灌得满满的，溢满机身，并滴在了草上。

按照操作规定，漏油现场是不能启动机器的，他却漫不经心地启动了割灌机。一个意外又恰恰在此时发生了，割灌机的高压线突然脱落。

霎时间，随着"砰"的一声响动，火花飞溅，割灌机机体被火花点燃，变成了一个火球，淋过汽油的草地"呼"地燃烧起来，随即火苗上了树枝，很快着起来了。

如果稍有点儿防火常识的话，哪怕是迅速脱下身上的衣服，盖在火源上，也可能会阻止一场灾难的发生。然而，汪玉峰却拉着正在燃烧的割灌机跑了起来。

汪玉峰想将这个正在冒火的割灌机拉到林子外面的

公路上去。在他拖着起火的机器狂跑的时候，所经之处的茅草和树枝都被引燃，火舌一下子上了树冠。

就在同一天，漠河县西林吉镇北河湾林场的清林员王保政、付帮兰在 10 时走进了林子。坐下休息时，他们俩掏出香烟，同时拿出了根本不允许带入林子的火柴。

二人在到处是干柴的森林里过足了烟瘾之后，把没有完全熄灭的烟头按在了蓬松而富有弹性的植被上，之后扬长而去。

那没有熄灭的烟头，在风的吹动下渐渐点燃了周围的枯草与倒木。

就在同一天，黑龙江南岸的兴安林场李右金在清林时吸烟后扔了烟头。

还是在同一天，盘古北面的依西林场的郭永伍使用割灌机打火起火。

至此，大兴安岭的古莲林场、兴安林场、河湾林场、依西林场和盘古林场几乎同时起火！

5 月 7 日下午，又一股由西向东刮来的燥热之风，在大兴安岭北麓上空形成了特强气流，这股气流的风力达到了 8 级以上。于是，地上尚未扑灭的火苗借着这股特强气流一下子便龙腾虎跃地形成了几千米长的火线，顺风而去，席卷大地。

本来，古莲林场 5 月 6 日起火，5 月 7 日已基本扑灭，但晚上 7 时突起的 8 级以上大风，5 个小时将火头推进 100 公里，公路、铁路、河流，甚至 500 米宽的防火线也未能阻挡住火势蔓延。一个晚上就烧毁了西林吉、图强、阿木尔 3 个林业局所在地和 7 个林场、4 个半储木场。

到 5 月 8 日，从西部漠河县到东部塔河县境内已形成数十万公顷的大火海。沿途损失较大，漠河县城除两栋楼房外，其余房屋全都被焚毁，灾区上空烟云滚滚。

就是这几把小火，在风助火势之下，不约而同地向四处蔓延、席卷开来，在很短的时间内，整个大兴安岭燃起了腾空大火！

风助火势迅速蔓延

在漠河县，有常设的由县主要负责人做总指挥的防火指挥部和消防机构。火讯传到了设在加格达奇的大兴安岭地区防火中心，在询问火势后，值班人员问："能不能控制，要不要支援？"

漠河防火指挥部负责人回答："火势可以控制，不需要支援。"

此时的古莲林场的火势已烧得异常猛烈，西林吉贮木场的十几万立方米的木材燃起熊熊烈焰。

漠河方面之所以拒绝支援，可能是出于经验，往年的火都被扑灭了；也可能是出于尊严，即依靠自己的力量将火扼住以免张扬。失火总是事故，总不光彩。

有文字记载以来，大兴安岭经历过 856 次大火。

20 世纪 80 年代，整个地球骤然变暖。自 1985 年以来，大兴安岭北部就出现了严重干旱，降水量均比历年平均值少。

1986 年入冬以来，中国大部分地区气温持续升高。1985 年 11 月至 1987 年 4 月，漠河、阿木尔等地区只下了一场透雨，而气温比历年偏高。塔河地区的降水量也少，是近 14 年降水量最少的一年。

气候条件的限制，造成地表和深层可燃物的含水量处在极低状态，十分干燥，大有一触即燃之势。

实际上，在大兴安岭北部地区发生火灾的同时，这里已经很明显地形成了一个高温、干燥、低压的中心，因此火险等级特别高。

火灾发生后，大火借助风势迅速点燃大片干燥的森林，难以阻挡的火龙愈发凶狠起来。然而，这场刻骨铭心的大火，大兴安岭人从未经历过。

果如所言，在几百名干部职工的奋力扑打下，5月6日午夜，古莲林场的火势被控制住，火苗退缩了。灭火队伍及其领导长长地松了一口气。

他们没有料到，余火还隐蔽在厚厚的树叶底下。

似灭非灭的余火，仍在默不作声地潜藏着，在枝杈、草丛、积叶中积蓄着力量，扩展自己的领地。

经过一个白天的潜伏之后，5月7日傍晚，起大风了，骤然醒来的残火猛地从地上腾空而起，蹿上了高达十余米的树梢。

刹那间，古莲林场被巨大的火团笼罩，变成了火海、火浪、火云。

这是人们没有见过的景象：

熔金似的火头高达几十米，排山倒海而来，带着呼啸的如千军万马的声响，卷着热浪。远处天空被烧红了，近处黑色的烟尘一下子遮住了夕阳的余晖，涂黑了天空。

风更大了，测得最大风力达9.8级，这是大兴安岭林区有记载以来的空前纪录。于是，烈火摆脱了陆路行进、步步为营的常规，变成了翻滚蹿跳的火龙，向林木、林场、城镇铺天盖地而去。

几里外就可以听见巨雷、排炮般的轰鸣。大如原子弹蘑菇云般的火头搅得天昏地暗，一片漆黑。

各种杂物漫天飞舞，一个个篮球般大小的火炭球四处飞射着，好似大火派出的红衣尖兵，在引着火头勇猛地扑向漠河镇。

一排排住房，如同积木玩具，一刮就倒。一棵棵参天大树，转眼间成了一根根黑炭棒。

城内毫无准备的群众惊恐万分，老幼妇女慌张逃命，喊爹叫娘，哭声、叫声被湮没了，汽车和汽车相撞，汽车从摔倒的人身旁压过，人群从摔倒的人身上踩过。

街上自行车、摩托车、缝纫机、电视机、洗衣机成片，有的地方摆成三层，大小包裹遍地皆是。

然而，大火在9级大风中从西南北三个方向向漠河县县城合围，首先烧到县城的西林吉贮木场。

贮木场的木材垛子被烧得发白，由于极强的高温炙烤，火还在发威。

5月7日18时30分，人们听到了县广播电视台的紧急警报与通告：

现在，大火已经烧到西林吉贮木场，正在向西林吉镇发展。县委、县防火指挥部命令，县城的全体干部、职工，共产党员、共青团员和青壮男女劳力，火速到西山集合，准备上山打火。老弱妇女儿童留在家中，不得乱动，任何人不得违犯纪律，违者严加惩处！

当播音员匆匆浏览了警报与通告内容后，不觉茫然心跳。他已经看见了窗外闪动的火光，感到了沉闷的风与火的震颤。

大火已兵临城下，组织人力上山打火显然是徒劳之举，当务之急是保卫城镇人民的生命财产安全并有秩序地进行疏散。

这纸命令会造成老弱病残困守孤城，但照本宣科是广播员的天职。

广播员的心在跳，手在抖动，终于断断续续地读完了那散乱的文字。他真想补说一句："乡亲们，现在火就要进城了，大家迅速将财产、设备和老弱病残转移到安全地带去吧……"

然而，他的嘴唇只是动着，没有勇气发出声音。

大火在县城肆虐了半小时后，所向披靡，以每小时50公里的速度，于20时20分又横扫了没有得到西林吉警报的图强林业局的育英林场。

21时5分大火闯进图强镇，23时30分冲进阿木尔。

5月8日零时20分，火头分东南、东北、正东三路，蹿出阿木尔林业局所在地的劲涛，直捣塔河方向。

大火在一夜间，使1.03万户、5.61万人无家可归，近 200 条鲜活的生命眨眼间成了焦煳的尸体。烧毁房屋面积达 61 万多平方米。

这场大火使 2488 台设备，其中汽车、拖拉机等大型设备 600 多台成了一堆堆废铁。

水泥电线杆被折断，80 毫米粗的钢管被烧红折弯，木制电线杆化为灰烬……

当大火向人们逼近时

5月7日23时30分，阿木尔的电视、广播一遍遍地播送紧急疏散通知。

然而，时间太晚了，许多人都没有听到。在这个时间，母亲们已经搂着孩子进入了梦乡。

靠西头第一家，住着贮木场的老共产党员赵喜荣，连他也没有听到广播。

呼啸的大风挟雷携电，红彤彤的火光映着夜空。被风雷和火光惊醒的赵喜荣大吃一惊：大火烧过来了，得去叫醒邻居们！

赵喜荣用力敲响邻居的窗户，大喊着：

快，大火进镇了，快起来向河边跑！

一家、两家、三家……被惊醒的群众拖儿带女地撤向了安全地带。

赵喜荣叫完邻居回去领老伴和小外甥时，被大火堵在家中，没法子，只好钻了地窖。

被救的邻居们抹着泪说："赵老爷子的呼唤，救命的呼唤，一直响在我们耳边。"

这位只想着邻居安危的老人，此时却和老伴及小外甥惨死在地窖中。

漠河县木旋厂厂长张宝玉曾经当过消防警察，知道"火"是怎么回事。

5月7日晚上，大火烧到桥头贮木场，他爬到房顶上一看，糟了，西北风刮得飞沙走石，碗口粗的大树被刮断，火头正向镇里蔓延。还有啥说的，赶快跑。

他有一台破旧的解放牌汽车，一个车轮坏了，几个工人七手八脚地装车轮。

张宝玉后来坦诚地说：

> 要说私心，我有。不瞒你们，我的汽车参加了保险，险额是一万五，其实现在转卖，顶多值五千元。我寻思，烧就烧了呗，烧了去索赔，我能白得一万元。

大火来临的前一天，张宝玉就嘱咐妻子把保险单和存款折带在身上，做好应急准备，万一大火烧来，不至于倾家荡产。

车轮上好了，大火也进镇了。

"上车！"他招呼了一声，跳进驾驶室，在场的8个工人上了车。

去哪儿？第一个意念当然是回家，先把老婆孩子接出来。

到处弥漫着烟雾，汽车灯照不到3米远，好不容易冲到了家门口，几个工人跳下车："厂长，装什么，电视机还是家具？"

张宝玉当时说："什么也甭管，砸开仓库，搬两袋面，把炒勺、菜刀带上，快！"

张宝玉后来回忆说：

> 说心里话，我走在路上时，还想着尽量抢出点东西，可到了节骨眼，什么也顾不上了，只想到大火过后别饿着就行了。
>
> 我的车没烧，那白捡的一万元也没捡到，家是烧光了，家底少说也有一万五。不是我扬脖唱高调，我心里挺踏实的……

车启动了，烟雾中看到路边一个走失的女孩正哇哇大哭，他拉了上来；一些走投无路、牵衣顿足的老乡，他也拉了上来。

他一次又一次地停车，凡是路上见到的逃难者，统统拉上来，终于，他们逃到了安全地带。

他，也是一个共产党员。

漠河县东北角一栋宿舍里，住着 6 户居民。5 月 7 日晚，6 户人家携妻带子，相继逃出家门。眼睁睁地望着烈火一栋栋地吞噬掉房舍，他们心疼啊。

夜半，风小了，火势也减弱了，6 户居民凑到一起："不能看着家被烧！"

农机局一位同志牵头，一支由男女老幼组成的小小队伍，在火海中穿越而过。

来的正是时候，这栋房子尚未着火，但附近的木拌垛已经着了起来，房子岌岌可危。

"快，寻水！"

农机局一位同志冲回自己家中，找桶找盆。忽然，他愣住了：一位陌生人正趁混乱跑到他家里翻东西。"可恶，梁上君子！"火过来了，他没有时间过问这件事，心里却气呼呼的。

水桶、脸盆叮当作响，人们穿梭般奔来奔去，连未上学的孩子也端起了脸盆……

或许是受了感染，或许是受到了良心上的谴责，这位"梁上君子"迟疑了一会，挽起袖子，也投入了灭火的战斗。他真诚地干着，汗流满面，不知情者还以为他是谁家的亲戚哩！他是在用汗水洗刷自己心灵的罪恶吗？

房子保住了。失主看"小偷"，"小偷"看失主。相对无言。

"你走吧！"终于，失主挥了挥手，原谅了他。

或许，通过洗礼，"梁上君子"能弥补心中的空虚。

伟伟，一个 4 岁的孩子，灾后余生，睁着他那童稚而又天真的眼睛对一个采访他的记者说：

那天着了大火，我跑丢了，正在哭，来了解放军叔叔，把我抱上车，车上一帮小朋友呢。

解放军叔叔叫我们不要哭，都趴在车厢里，他们站在边上……

解放军让车上的孩子统统趴下，他们在车厢边挺着肩膀围成一圈，就这样一直开到满归，最后又千方百计把孩子送了回来。

不一会儿，伟伟就钻到床底下玩去了。调皮的孩子啊，你会记得烟雾中自己身边那堵草绿色的人墙吗？但愿他不会忘记……

大火烧过的第二天，育英林场里，一个婴儿呱呱坠地了。

父亲在废墟前走来走去，他埋怨："你为什么这个时候来到人间？"

母亲，一位鄂温克族妇女，经过灾难的折腾、惊吓，生下儿子后便病倒了。没有奶吃，没有屋子，婴儿也奄奄一息。

望着脸色蜡黄、气喘吁吁的妻子，再望一眼那个生不逢时的儿子，父亲愁肠百结。这时，他多么需要人们的帮助啊！

来了。边防驻军某团卫生队巡诊来了。子弟兵把母子双双接到医疗队，母亲和孩子的生命都得到了保全。

团领导跑来了，带来了大火中幸存下来的乳粉、白糖、麦乳精。距团部几百里远的某连听到消息后，专程派车来，把100多个鸡蛋送到产妇身边……

产妇没有奶水，孩子饿得直哭。志愿兵包双喜的妻子把孩子揽在怀里。

母亲流着泪说："孩子，你长大了知道你妈妈是鄂温克族，可你能记得你曾经接受过一位蒙古族妈妈的哺育吗?"

大火临近的时候，一个壮实的汉子扶着年迈的老母亲，拉着两个刚刚懂事的孩子，跌跌撞撞地冲出家门。

大火托着浓烟，比汽车跑得还快，从后面追了上来。附近都是呼呼燃烧的火苗，没有一处安全地带。越是急，步子越慢，老母亲紧张得难以支撑自己的身子，走不了路了。

身后的火越逼越近了。那时候，汉子急疯了，他没有能力把老母亲和两个孩子同时带走了。丢了谁也不忍心，但又只得顾一头，否则就会一块儿被烧死!

老母亲是万万丢不得的! 老人家岁数大，腿脚不好，丢下必死无疑! 咬咬牙，丢孩子吧!

在汉子正要扶着老母亲独走的时候，他看见右边不远处有个小沙丘，他连忙裹着两个孩子走到沙丘跟前，对他们说："爸把你们埋在这儿，千万不要乱动，火一会儿就能过去，把你奶奶送走，爸就来接你们。"

孩子们都很乖很懂事地趴在沙坑里。

汉子很快把他们埋好。背起老母亲回头望了望沙坑里的孩子，他哭了。

老母亲也哭了："先救孩子吧!"

当父亲的心像被猫抓似的。顾不上那么多了，他迈开大步，一口气把老母亲背到河边。

放下老母亲，汉子扭头就往回跑，待他跑到埋着孩子的沙坑时，火已经烧过去了。

汉子拼命地扒开沙坑，6岁的大儿子爬起来了，脸被烧煳了，都不知道哭了。

3岁的小儿子再也没能爬起来，他死了。他脸朝下趴着，还是埋时的姿势，身上没有伤，是被活活闷死的。

她，一位被阿木尔林业局连年命名的"三八"红旗手，在她和丈夫之间，现在只能有一种选择……

10年前，丈夫因公负伤，瘫痪在床。她守护着他，耐心、细致地照料着他。

青梅竹马的恩爱夫妻，两颗心早已熔铸在一起了。她给他带来了生活的勇气和乐趣。

"不能背走你，我就守着你。要死，咱俩也死在一块儿！"一个孱弱的女人，在烈火面前作出了自己的抉择。

"你要是真的可怜我，就快带着孩子逃命吧！"不能让她为自己殉葬！这是一个瘫痪的男子汉的抉择。

"不！我不能丢下你不管！"

"我求求你了，不为别的，只为了咱们的孩子，快走吧！"

"不！"一双泪眼注视着丈夫。

"快走，你给我快走，你这是在坑害我呀……"他挣扎着，发怒了。

生离死别。她跪下来给丈夫磕了三个响头，走了，泪人似的带着孩子走了……

5月7日，在这个令人难忘的日子里，漠河县检察院助理检查员，54岁的葛国臻家中，不时传出阵阵谈笑声。

怎么能不高兴呢？分别20多年的老姐姐从青岛市远道而来，带来了远在台湾、香港的两位哥哥的问候，也带来了他们赠送的3万元现款和一大堆贵重物品。

葛国臻和老伴准备了丰盛的晚宴，全家正陪着亲人说着、笑着。

突然，葛国臻的三儿子葛宏伟推门闯了进来，大喊一声："大火烧过来了，赶紧收拾东西走！"

葛国臻往外一看，四周已烟火弥漫。她和老伴立即收拾了一些贵重东西，扶着老姐姐，领着小孙子，冲出房门。

他正要往停在门外的自家汽车上装东西，但是车上已经站满了人。葛国臻一家别说东西放不上去，连人也几乎上不去了。

熊熊的大火已经逼近，车上的人，头发、眉毛已被直扑而来的热浪灼焦，大人叫，孩子哭，令人目不忍睹。

怎么办？要么把人都撵下去，全家人坐着自己的汽车逃命；要么舍弃财产与一车40多人同生。

"把东西都扔下，人快上车，开！"葛国臻毅然选择了后者。

当他们冲出火海，来到一片安全地带时，汽车发动机线圈已被大火烧坏了。

葛国臻一家积攒了几十年的财产，老姐姐带来的3万元人民币、一台二十寸彩电和一些贵重财物，在烈火中顷刻间化成了灰烬。

在奋斗林场，十几米高的火头呼啸而来。烟，越来越浓，火，越来越近。

600多名待疏散的人员乱糟糟地挤在狭窄的公路上。可汽车只有5辆。

"群众先撤，党员后撤！"有人大声喊。

密匝匝的人群里立刻闪出几条缝。

身强力壮的让年老体弱的先上，男同志把女同志推上车。危急时刻，600多人没有一个抢着上车的……

省委领导飞赴火区

1987年5月7日，黑龙江省民航管理局"米8－842"直升机机长孔祥玉，完成了一天紧张的工作，正在家里看晚间电视新闻节目。

突然，电话铃响了，传来了大队长的命令：

大兴安岭一带发生火灾，漠河县境内所有通讯联络中断，火情、灾情不明。

孔祥玉镇定地放下电话，立即赶往机场。机组的其他3位同志也先后到达，紧张的飞行准备工作开始了。

5月8日晨，天色微明，首飞火区的直升机载着黑龙江省委副书记周文华等领导同志、医务人员及药品等直飞大兴安岭地委所在地加格达奇。

10时，直升机又飞向烟火中的漠河。还未发现火区，大风和气流就已将飞机冲撞得摇摆不定，几欲失控。

距离火区50公里处，只见前面一片火海，烟尘腾空。这时，能见度只有1公里，按规定要在5公里以上时才能飞行，但不进去，就无法了解火情。

孔祥玉下达命令：

无论如何也得钻进去！

凭借长期飞行和灭火救灾的经验，孔祥玉知道大火以内会比外围好些，他设法使直升机保持飞行高度，在烟淡、火苗低的空隙间绕飞。

15时，终于发现了已被大火焚毁、难以识别的西林吉镇的几栋楼房框架。

直升机在县城上空盘旋，寻找不到适于降落的场地。

最后，孔祥玉咬紧牙关，冒着直升机碰旗杆、撞篮球架的危险，安全地降落在一所中学的操场上。

没等直升机停稳，几千灾民便围拢上来，灾民们欣喜若狂，问这问那：

党中央知道我们这里着火了吗？

什么时候救我们出火海呀？

…………

省委副书记周文华和机上下来的人员亲切地一一作答，医务人员也开始抢救伤员。

一个几乎饿昏了的灾民突然问孔祥玉："你们带吃的来了吗？"

一句话提醒了孔祥玉。他想起途中曾遇到的一架前来空投食品的"运5－8346"飞机，由于烟大找不到目标而不得不准备返航。

孔祥玉飞速进入机舱，立刻用机上的无线电指挥系统和"运5－8346"联系。

在他的指挥下，满载食品的"运5－8346"飞机出现在漠河县西林吉镇上空，并将飞行高度下降到15米。随着三颗信号弹升空，成箱的面包、饼干、罐头等食品准确无误地空投了下来。

漠河县的县委书记王招英是一位杭州的下乡女知青，5月8日，她向乘飞机赶到漠河的省委副书记周文华和林业部副部长徐有芳汇报了火灾的情况。

王招英说：

> 火是5月6日下午在古莲林场5干线8公里处发现的，林场当即就汇报了，我们马上组织了1200人上去扑打，在解放军的帮助下，到7号凌晨1点13分左右控制了火势。7号上午9点检查现场，没发现问题，可是到了下午4点，突然刮起了8级大风，火场余火蔓延开来，风助火威，火势迅速发展，我们立即又组织600人上去，可已经来不及了……现在1.4万多人无家可归，130多名伤员急需治病，吃、住、穿、医和交通成了目前最大的困难。

9日晚上，肆虐的大火又烧到了距塔河县城22公里的绣峰林场。塔河县城拥有5万多居民，是大兴安岭林区的重镇，大火一旦突破绣峰林场，用不了一个小时就能烧到塔河，后果不堪设想。

于是，黑龙江省委领导紧急抽调数千军民在绣峰林场与大火展开搏斗。

塔河县城现在成了灭火的总指挥部，到处是繁忙紧张的场面……

黑龙江省委领导在火情异常严重的情况下亲临一线，给受灾群众很大的鼓舞。同时，他们及时了解了火情和受灾群众的需要，对下一步灭火工作的充分开展发挥了重要作用。

二、 紧急部署

● 上千名灾民欢腾雀跃，他们嘶哑地连声高喊："党中央知道我们着火啦！火车来了，我们有救了，有救了！"

● 5月12日，李鹏带领国务院有关负责同志到了塔河，察看了西林吉、图强、阿木尔和东西两线火场，看望和慰问了扑火第一线军民。

● 7次变换的灯光，使千余名群众7次躲过了凶残的火头。最后，他们安全转移到了一片开阔地。

国务院迅速作出部署

1987年5月8日，国务院副总理李鹏接到火情报告后，立即告诉林业部尽快摸清火情，提出需要解决的问题，及时向国务院报告。

9日上午，李鹏召集有关部门开会，研究火情，与解放军领导机关商定调集部队参加扑火，并决定成立国务院大兴安岭森林扑火领导小组。

同时，在林业部成立由副部长刘广运同志负责的扑火救灾领导小组，做具体工作。

同日，《人民日报》发表新华社记者的报道：

新华社哈尔滨5月8日电（记者张持坚）记者从黑龙江省大兴安岭地区加格达奇报道，大兴安岭地区的西林吉、图强、阿木尔和塔河四个林业局，发生了严重火灾。

6日下午3时左右，四个林业局的几处林场同时起火，开始火势不大，扑救也及时。但是忽然刮起8级左右的大风，火势迅速蔓延。

目前通往这四个林业局的铁路、公路和有线通讯都已中断。

今晨，大兴安岭林业管理局领导乘飞机前

往塔河观察火情，由于塔河县城上空一片烟雾，飞机无法降落，只得返回加格达奇。据当地无线电通信报告，有二万多居民的西林吉镇大部分建筑物被烧毁，西林吉、图强、阿木尔三个火车站也被烧。

引起这场森林大火的原因尚不明。火灾发生后，大兴安岭地区党政各级领导立即组织林业工人、当地农民和驻军指战员赶赴火场全力抢救。林业部副部长徐有芳、黑龙江省委副书记周文华等领导同志今天下午乘飞机赶赴加格达奇，组织扑灭火灾的工作。

12日，李鹏带领国务院有关部门负责同志到了塔河，察看了西林吉、图强、阿木尔和东西两线火场，看望和慰问了扑火第一线军民。

打火急需人！林区人口本来就不多，又受灾疏散出去不少。因此，李鹏强调：

立即增派两万解放军上山打火救灾。

沈阳军区司令员刘精松立刻表示：

军队可以马上集结，就看铁路能不能运送上来。

哈尔滨铁路局局长接过话茬保证：

要我们运送多少人就运送多少，要什么时候到，就什么时候到！

李鹏在现场会上还提出要安置好受灾群众，确保他们有吃、有穿、有住，生病的要有医有药。要大力组织群众恢复生产，重建家园。

13日，李鹏和国务院秘书长、国务院扑火指挥小组组长陈俊生回到北京。

李鹏根据沈阳军区司令员刘精松的建议，灭火要群众、部队和森林警察"三结合"，要求有关部门迅速调一批风力灭火机到火场。

陈俊生当夜通知林业部扑火领导小组，要求从其他林区调集风力灭火机。

林业部扑火领导小组就此连夜作了部署。

16日，国务院成立了由国家计委副主任刘中一同志牵头、有关部门负责同志参加的大兴安岭火区恢复生产重建家园领导小组。

随后，领导小组到灾区进行了实地调查，提出了具体方案。

铁路员工坚守岗位

5月7日21时整，哈尔滨铁路局局长华茂昆在公务车内接到了火警电话：

> 今天18时，漠河县内的西林吉东站发现罕见的特大森林大火，县城被吞噬，铁路局宿舍大部分也被烧毁。火头从三个方向正飞速向南推进。劲涛以北一切通讯中断，沿途各站和林业局的损失及人员伤亡数目不详……

情况万分危急！怎么办？

华茂昆和局党委书记马良相简单地研究了一下，神色严峻地望着随同前来检查工作的局机关党政干部。

火光就是命令！

他们从伊图里河铁路分局的甘河出发，直奔火灾前沿——加格达奇分局管内的塔河站。

8日9时10分到达塔河。这里正处在紧张的临战状态。前方，凶猛的火势正在向这里蔓延。

华茂昆和马良相听取了铁路地区的简短汇报后，当即决定，在这里编成开出由医疗、食品、水槽、硬座、空敞车共28节车厢组成的临时救灾特别列车，直奔漠河，探查灾情，抢运伤员和灾民。

与此同时，他们责成地区党委和加格达奇做好一切救护准备。

14 时车到盘古站，黑烟蔽空，几十米高的火头翻滚着，嘶叫着，像一头疯狂的怪兽吞噬了盘古医院。

列车如果继续前行，就可能出现欲退不能的局面。火灾中心急待救援的数以万计的灾民和伤员，像火一样灼烤着华茂昆的心。

"继续开行！"他毅然下令。

机务处运行科长张福庆登上机车，和司机杨明威、助手王永光、指导司机郭立庆一起，认真瞭望，谨慎操纵，加强与运转车长李宝昌的联系，确保安全。

16 时抵达凌云站。华茂昆没等列车停稳就疾步跨进运转室。

这里烟雾弥漫，呛得人喘不过气来，他俯身向对讲机呼喊前方车站长缨："我是华茂昆！你那里情况怎样？能否通过了。"

"不能通过！林场的油库已被包围，一旦爆炸将危及列车安全。现在风势很猛，绝对不行！"

在局里主持运输生产的副局长也打来紧急电话："劲涛以北联系中断，再往里闯十分危险。再说，育英和西林吉之间有 3 公里线路遭到严重破坏，你们也无法过去。建议你们立即退回塔河！"

是进还是退？华茂昆在 10 米见方的运转室里踱着步

子,苦苦地思索着,判断着。危险固然危险,但探明火情,抢运伤员和灾民毕竟是最为紧迫的。

老伙计提醒得十分坦诚,一定审时度势,保证安全。

这时,局行政办公室副主任安文衡报告说:"长缨站传来消息,风势转小,开不开车?"

华茂昆眉峰耸动,打了一个有力的手势:"开!一边扑火修路,一边摸索前进!"

闯过长缨站已是暮色四合的夜晚。左侧的平地和右侧的高山烈焰熊熊,一片火海。

线路上的倒木和落石,需要排除。火舌侵入路基,枕木开始冒烟,必须修补。列车时走时停。

在劲涛外两公里处,摆放在路基上准备夏修使用的50多根油枕起火,像一座小小的火焰山。

火借风势,风助火威,烈焰伴着浓烟滚滚肆虐着。

正在这时,被烧毁的小车平台上倾斜的铁轨,刬破了机车油箱的外壳,防寒泡沫露了出来,一旦溅上火星,马上就会车毁人亡。

在这千钧一发之际,华茂昆临危不惧,镇定自若,指挥机乘人员处理故障。

马良相带领车上干部推倒枕木垛,用附近泡子里的水浇灭了烈火。

在风向稍转的刹那间,机车驶出了险区。扑火干部一个个飞身抓车而上。20时整,列车抵达劲涛车站。

长缨至劲涛仅14.9公里,列车却运行了1小时4分钟。在这漫长而又短暂的时间里，13 名机关干部和司乘人员经受住了烈火的考验。

劲涛正处在危急之中。加格达奇分局政治部副主任赵序涛和大兴安岭军分区后勤部林部长正在指挥抢险，力保劲涛。

风疾火大，吉凶难卜。站内还停放着两辆油罐车，这如同是两枚随时可能引爆的定时炸弹，威胁着站区和人民生命财产的安全。

华茂昆果断决定，把这两辆油罐车和站内停放的所有车辆一并拉走，组成由 3 个内燃机牵引的长大车组，寻找时机，躲避火头，小心北进。列车于 9 日 4 时 33 分到达朝晖，8 时 15 分，列车驶进图强。

华茂昆、马良相在这里继续与陆续登车的大兴安岭军分区和地方政府的领导组成了救灾指挥小组，决定全力以赴抢救伤员，供应食品和生活用水，运送灾民，迅速修复开通线路，每天开行两趟救灾列车。

局安全监察室副主任周振声会同加格达奇工务科长等同志乘轨道摩托车探查线路，仍在坚守岗位的西林吉领工区的 40 多名养路工人一齐出动，迅速修复了 3 公里被毁坏的线路。

局行政办公室副主任栾秋和张福庆乘单机返回劲涛，拉来加格达奇开上来的生活列车、盖车，同已甩下油罐车的大列车连挂，继续鸣笛北上，19 时到达西林吉车站。

车到育英站时，正在遭遇妻离子散、倾家荡产的值班人员，仍在执行标准化接车。他们站成一排，热泪滚滚，向徐徐开进来的第一趟救灾特别列车行注目礼。

站台上，上千名灾民欢腾雀跃，他们嘶哑地连声高喊：

> 党中央知道我们着火啦！火车来了，我们有救了，有救了！

这里的灾民吃完了最后一粒米，喝光了最后一滴水，有的已经两天两夜空腹以待了。

人群中，一位青年男子怀抱一个仅仅出生 7 天的婴儿，孩子的母亲已被无情的大火吞噬，泣不成声地对华茂昆和马良相说："给、给育英站请功！他们饿着肚子，把最后一袋奶粉给了孩子！"

年轻的站长孙凯在漫天大火呼啸而来的关键时刻，表现出了大无畏的英雄气概。

当大风旋着几十米高的火头卷向育英车站时，千余名受灾群众在不到 20 分钟的时间内，从四面八方拥向了平日仅容纳 300 余人的五等小站站台。

大人急切的呼喊声，孩子嗷嗷的哭叫声，在混乱的人群中搅成一片。

漫天的烟雾，漆黑的夜空，令人窒息的空气，怒号的狂风，人们叫天不应，呼地不灵。谁能帮助他们脱离这大火的重围？

紧急部署

站台上，突然爆发出一个让人心震颤的声音：

我是站长，我叫孙凯，大家都听我指挥！

人们像一下子从噩梦中惊醒，立即静了下来。一双双满含期望的目光，都集中到了站长孙凯身上。孙凯身穿员工服，头戴大檐帽，手提信号灯，臂扎白毛巾。他是个身材不高的青年。

孙凯大声疾呼："大家赶快到线路上去，迎着火头趴下，谁也不许乱动！"

千余名群众迅速跳下站台，齐刷刷地扑倒在铁道线路上，一个方向，一动不动。

这时，站舍房顶上的瓦被大风掀落刮碎，燃烧着的火团飞进了站舍的天棚，骤然起火。

孙凯高喊着：

人在车站在，誓与车站共存亡！

他指挥车站职工冲向烈火，搭成人梯，钻进天窗，死拼死打，终于保住了站舍。

几乎就在扑火的同时，变幻莫测的风向使火头来去无常，东西跳动。为了及时引导群众避开火头，孙凯在烈火中奔跑着，布置 3 名职工观察风向，用信号灯指挥群众转移。

孙凯大声呼喊：

大家都看信号灯！红为停，绿为进。

接着他又组织了几名职工对不听指挥的群众进行强行引导。

7次变换的灯光，使千余名群众7次躲过了凶残的火头。最后，他们安全转移到了一片开阔地，群众得救了。

孙凯和职工们衣服烧着了，头发烧焦了，手脸烧伤了。

现在，他极度疲乏地站在局长、书记面前，没有豪言壮语，只是喃喃地说："快，快把职工家属和灾民输送……出去，要不，我，我对不起父老乡亲！"

说完，眼泪扑簌簌地滚落下来。华茂昆和马良相的眼眶也情不自禁地湿润了。

朝晖、图强、育英、西林吉……所到之处一片焦土。唯有各站巍然屹立，这是铁路员工用生命保存下来的。

正是这些平凡而伟大的生动事迹和可歌可泣的民族精神，鼓舞着铁路局机关的救灾干部，他们驱车闯火，斩关夺隘，往返55个小时。

50吨大米、60吨食用水、6千公斤熟食品送进来了！

医疗队送进来了！

3000多名灾民送出去了！

大批伤员送出去了！

救灾人员和物资运达

国务院现场办公会结束仅 3 小时，几个集团军的两万名官兵从四面八方迅速集结，以特急行军速度，一路绿灯向北国边陲进发。

两天中，便有 55 列军车奔赴前线。

车厢里有人带头唱起了《血染的风采》。列车载着战士的歌声进入塔河。

沈阳军区 3.5 万名指战员带着期望、带着嘱托，冲向火区。

空军派出由 13 种机型 50 多架飞机组成的庞大机群。

7000 多名手携风力灭火机的森警战士如箭离弦。

5 月 6 日大兴安岭林区特大火灾发生后，受到北京、天津、上海、内蒙古、辽宁、吉林、广东 7 个省、市、自治区的关注，纷纷以最快的速度将急需的药品、医疗器械、食物等救灾物品运往灾区。

内蒙古自治区呼伦贝尔盟盟委一面派出数百人参加扑火战斗，一面主动接收安置 1000 余名灾民，还向灾区运去了一批粮食和药品。

吉林省在旱情严重的情况下，从大局出发，派出两架人工降雨飞机奔赴火灾现场听候命令。

广州白云山制药厂也给灾区运来了药品。

到 5 月 12 日，30 余万公斤粮食、20 余万公斤熟食、70 栋活动板房、560 架帐篷以及锅、盆、锨、镐等物资先后送到灾区。

由哈尔滨等地医务人员组成的 17 支医疗队已赶赴火灾现场。

黑龙江有关地区的各级政府成立了灾民安置领导小组，并在加格达奇、齐齐哈尔、呼玛、松岭、满归设立了 5 个灾民转移站，在嫩江、讷河等县设立了 6 个灾民安置点，7000 多名灾民的吃、穿、住等问题得到解决。

哈尔滨、齐齐哈尔等 10 个城市还开展了向灾区捐献衣物、钱的活动。

两万余名人民解放军指战员日夜奋战在火场前线，北京、河南新乡空军部队派出的十余架飞机担负了抢运伤员、空投食品和药品等任务。

医疗队紧急救治伤员

5月7日深夜23时13分，在沈阳军区后勤部235医院院长办公室，与会者有院领导和有关各科室主任。

院长传达军区命令，立即组织医疗抢救队，火速开赴火场。

235医院的院区和家属区响起了电话铃声、跑步声、敲门声、汽车发动声。

当时针指向零时20分时，由16名医护人员组成的医疗队，开着救护车驶进了车站。

"五六"特大火灾发生后的第一支医疗队在这睡梦香甜、万籁俱寂的子夜从山城加格达奇悄悄地出发了。

第二天，地委、行署召开驻加五大医院领导紧急动员会，该院领导汇报了医疗队已开赴火场。

沈阳军区同时命令：

203、321、202、205、210医院立即派出医疗队。

当他们接到命令后，以惊人的速度整理行装，赶赴火场。

他们到来的第一句话就是：

伤员在哪里？

5月10日凌晨，沈阳军区后勤部总院的烧伤科主任乘373次列车，风风火火地赶到了驻加格达奇的235医院。

一个小时后，他走进了手术室。也许很少有人知道，他是在医院手术室里接到命令的，除旅途外，他一直都站在手术台前。

5月9日上午，哈尔滨市某部空军机场。9时40分，指挥台发出了强行起飞的命令。飞机在汽车的牵引下顶风起飞。

第一架飞机像风筝一样在机场的上空左右摆动着、盘旋着，全速向北前进。

试飞成功。

紧接着，又发出了第二个、第三个起飞命令。

3架飞机在超气候条件下起飞了。

在飞机上的哈医大一院、二院、哈市第五医院、省农场总局医院派出的医务人员大多高空反应强烈，头昏、心跳剧烈、呕吐。

3架"运5"飞机穿云破雾，一路颠簸。当飞机到达加格达奇后，有的医务人员是被抬下来的。

9日子夜，在满归至漠河的公路上，吉普车飞速前进，猛烈地颠簸着，车上的烧伤专家田福泉睡着了。他太累了。

8 日晨 4 时，59 岁的田福泉从家中被叫醒，6 时 30 分即乘飞机飞往漠河。

当日 19 时，田福泉又驱车来到了重灾区图强，当晚又从图强赶回漠河。

次日他又奉命去满归。从 8 日晨 4 时到 9 日子夜，行程几千里。

5 月 10 日，从火车上、飞机上运下来近百名烧伤病人。他们被安排在驻加的几家大医院，耽搁 4 天了，伤员创面全部都感染了，再加上其他并发症，病情十分严重。

然而在加格达奇的几家医院，治疗烧伤病人没有任何条件。

有条件要上，没有条件也要上，想方设法克服困难上，是新一代医务工作者的性格。

5 月 12 日下午，第一例世界一流水平的切痂植皮手术，在这里奇迹般地获得成功。

到 5 月 21 日，10 天内驻加格达奇 4 所医院就做了 40 余例切痂植皮手术。经检验，除一例因年老体弱没有成功外，其余的植皮全部成活。

烧伤专家田福泉、安长荣、杨海清、金玉林以及哈医大二院外科主任高治中等竭尽全力、忘我工作，奋力抢救伤员。

各路专家云集山城，专家、麻醉师、护士等精湛的医术创造了全部入院伤员无一人死亡，无一人感染，植皮手术百分之九十九成活的奇迹。

生命需要爱，对于一个烧焦的生命来说，他们更渴望爱。

5月10日8时30分，一架直升机从漠河起飞了，飞机上载的是11名伤势较重的烧伤病人，其中有一名伤员的气管已被切开。

飞机飞行没几分钟，一位名叫杨再贤的老太太出现了痉挛，呼吸急促，再加上大面积烧伤，病人生命危在旦夕。怎么办？

飞机上没有任何抢救设施。医务人员的心在收缩，老人的生命在一分一秒地缩短。

此时此刻，医生兰洪亮凭着多年的经验，判断出老人发病的原因，同时他深知此时唯有自己能把老人从死神手里夺回来。

兰洪亮解开上衣扣，从内衣兜里掏出一个小药盒，把仅剩下的几片药放进老人嘴里，不多时，老人便安静下来了。

仅有的几片急救冠心病的药没有了，兰洪亮知道自己的冠心病随时都有可能发作，然而，为了老人，他舍弃了自己的后路。

烧伤的伤员在慌乱中被救出火海，在全身麻醉中动了手术，当他们的神智恢复过来的时候，首先看到的就是护士。

一天3次、5次，有的是8次、10次的护理，有的甚至需要护士昼夜陪伴。

护士为他们打针、喂药、喂水、喂饭、接屎接尿、擦身洗脚、理发洗衣。

护士在伤员心目中有着十分特殊的位置。不是亲人，胜似亲人，他们是这些死里逃生的伤病员的保护神。

三、 齐心灭火

- 若不及时扑灭着火的汽车，车一爆炸，数百名妇女、儿童和老人将会丧生。

- 火已形成一个包围圈，张国华和副教导员一人带着一个分队，硬是打灭了一条火带。

- 一股邪风在火场打了个旋儿，猛地朝战士们扑来，退路被切断了。83 名指战员面临着极大的危险。

解放军勇闯漠河火区

5月7日凌晨1时40分，在距古莲林场20公里处担任修路任务的解放军某团官兵们，正在野外露营，突然被喊声惊醒。

县委通讯员连摇带拽："不好了，古莲起火了！快！快！"

任副团长当即命令部队紧急集合，提前20分钟赶到了20公里外的火场。

经过军民5个多小时的激烈奋战，控制了火势，8公里火线已无明火。

15时10分，9级狂风骤起，残火蓦然苏醒，伸出长长的火舌，借着风力，以每小时近60公里的速度推进。

大火在古莲一带扫荡一圈之后又转奔漠河，情况万分危急，284名解放军指战员快速行动。

指战员们在3次拦截火头都未成功的情况下，于17时45分，分兵把守，保卫县城南侧两公里外的贮木场和附近的炸药库。

19时10分，整个县城被浓烟烈火封锁。任副团长果断命令组成3个连200多人的敢死队奔向城内救人。

二营教导员董元生，带领3个连的战士分乘6辆军车冲到已被大火覆盖的漠河县城。

堆放着15万立方米木材的贮木场在燃烧，火焰高达50余米，火团四处飞溅，落下来就成一片大火。风声火声，如滚滚闪雷。

在城边，董元生犹豫了一下：退还是进？退，后边火不大，可以退到安全地带。进？进去就可能被大火吞掉。

"县城火光冲天，人慌马乱。我们不进去救人，于心不忍。"许多战士听见大火中有孩子哭，老人叫，一个个再也忍受不了了。

他们驱车闯进去了！汽车灯光在浓烟中只能射出两三米远，有时候伸手不见五指。有人逃出来，只能看出牙是白的。

街上的汽车、拖拉机、摩托车挤成一团。地上自行车铺了一层，拐弯处有四五层，机动车只能从上面开过去。

董元生下车想疏导一下群众，浓烟却呛得他喘不过气来，一个气浪迎头把体重90公斤的他推出五六米远。

待他再抢上汽车，才发现他们的另外几台车和200名战士，都不知去向，部队被冲散了。

他这辆车上有15名战士，谁也分不清车是往哪开。满地都是火，温度高得想说话都很难发出声音。

突然，孩子的哭声刺疼了董元生。他立刻派新战士孙广去营救。孙广跳下车扑进火海，抢出小姑娘，把她抱上车，自己却没能上来。

又传来阵阵女人的尖叫声。原来有30多人被火围住了，其中只有一个男的。战士们又一个个把这些灾民救上车，接着又沿途"捡"了7个孩子。

车停了。这是哪儿？

"爬过山坡，可能就是漠河公路。"董元生仔细辨别方位后说，"得把他们带出去，咱们留下。"

路边正停着一辆油罐车，一旦爆炸不得了。

可是，那些妇女和孩子硬是围住战士们不肯走。

"跟我走！"董元生领几个战士强拉着40多个妇女、老人、孩子顺山坡往上爬。山陡，风大，站不起身，10分钟只爬出100多米。

董元生和几位战士就背着老人，抱着孩子，咬着牙，拼尽最后一点力气，终于把他们带到了安全地带。

灾民太多，战士太少。董元生又回去把留守的一连战士带进了大火仍在燃烧的县城。

六连连长和指导员带着46名战士，在一处路基下烧出一片宽大的开阔地，把三四百人带了过来。人们只能一个挨一个侧卧着，但都活了下来。

一位老大爷身上正在着火，任副团长飞速帮他扑灭，并把他抱到车上。

"叔叔，救救我吧！"一个十三四岁的小姑娘跪在地上。班长刘丙刚疾步蹿过去，拽下自己的棉衣，裹住了小姑娘已被烧伤的脚，急忙将她抱上车。

逃难的人群似梭在穿行，他们大都惊慌失措，不知往哪里去安全。

"你们快往古莲河方向撤，"副团长一边咳嗽一边说，"我们抓紧把老人、妇女和孩子带走。"

这时候，身旁的军车起火了！一辆、两辆，若不及时扑灭，车一旦爆炸，数百名妇女、儿童和老人都将会丧生。全体官兵也会葬身火海。

姚兴义、王素成、张万杰、王雪松等迅速扑上去，用大衣捂，用沙土埋。车保住了。

军车拨开人群，两束雪亮的灯光射向已着过火的古莲方向。此时，风越刮越猛了。

火从四周包抄过来，火团在空中飞舞。

"卧倒道沟里！"副团长向周围的群众命令。

南侧，四连指导员谢春江带领 3 名战士边抱着孩子，边背着老人，边指挥群众向 6 公里外的河边奔去。

"站住！危险，跟我跑，我是解放军！"战士陈铁强猛然看见 50 多名妇女、儿童顺着风向一片树林跑去，他立即意识到大火追上去会把他们吞掉的，便大声呼喊。

可能是"解放军" 3 个字，把处于万分惊慌中的妇女和儿童紧紧吸住了，人们转过头来潮水般地跟着他跑起来。待跑到安全地带，回头看时，小树林已经烧着了。火，肆无忌惮地发着威风。

混乱中，战士王宇平被人流冲向医院门口，一个小女孩正站在那儿捂着眼睛哭。小王抱起小女孩，急忙向漠古公路跑去。

　　3个多小时过去了，由于在烟火中时间过长，身体多病的副团长昏倒在路旁。

　　待火扑灭，部队集聚到古莲之后，已是第二天凌晨3时了。

　　230多名老弱妇孺，以及数以千计的灾民在他们的奋力救助下，从死神的魔爪中逃生了。他们当中最大的已年逾古稀，最小的只出生8天。

　　天大亮了，火扑灭了，战士们也收拢得差不多了。直到10时，才找到了被冲散的新兵孙广。

　　董元生一见他，气得喊起来："你到哪儿去了?"这位18岁的战士一声没吭。孙广把那个小女孩抱上车后，一个人便往浓烟里闯，摸到了边防九团。

　　这正是九团最严峻的时刻。副团长号召党员站出来保护弹药库，孙广站了出来："我还不是党员，可我要上!"

　　九团把他的姓名、家属姓名和地址都登记了下来。勇士们将与弹药库共存亡，孙广没有丝毫胆怯。他的勇敢行为，赢得了九团的赞誉。

　　事后，要不是九团为他请功，他自己的部队还根本不知道呢。

森林警察打通防火线

5月6日15时30分，黑龙江省森警总队听到广播，得知大兴安岭地区发生特大火灾。总队长杨自翔、副总队长潘惠清立即到防火指挥部请战。

没有接到具体命令，总队决定潘队长带上副参谋长、作训科长、后勤部长等，作为护林防火工作检查人员，直奔灾区中心西林吉火场。

几乎同时，驻防在加格达奇的大兴安岭森警支队于15时38分接到扑火命令，全队整装完毕，等候指挥部调遣。

大兴安岭支队机降某大队共107人，他们接到的第一道命令是坐火车到塔尔根机场待命。

9时上车，16时到。塔尔根是个小站，只停两分钟。教导员张国华在车上就跟车长说好，我们装具多、水枪、风力灭火机、油桶、帐篷，请多协助。车长说没问题，可刚卸下一半，地方防火指挥部的葛主任就跑过来了："不要再下了！赶紧去塔河！"

下去的战士又连忙上了车，到塔河站，吃过晚饭，已经是19时了。

森警大队到盘古山是22时，只见盘古火光四起，一片通红。大队战士不少是当年入伍的，一见大火情绪就上来了。

5月8日，该地发生火情，盘古林业公司立即动员3000多人上山扑救。本来这场特大森林火灾已经灭了，因为5月7日上午，经过众人一整夜的扑打，这场不太大的火，明火已经扑灭。

谁也没有想到，第二天夜里刮起7级大风，卷起二三十米高的火龙，乘虚向后方袭来，大火烧红了半边天，全国第二大贮木场危在旦夕。

森警大队22时30分到指挥部，战士没下车，张国华和孙副队长下去领任务。塔河林业局局长兼塔河县县长荆家良、书记郑元瑞等都坐镇盘古。

到盘古的时候，风力有七八级，火紧挨在山上，呜呜地吼着。整个盘古镇浓烟滚滚，镇上的大喇叭发出警示："做好撤离准备，最近的火头离家属区还有2公里！"

荆县长同指挥部其他人商量：烧不烧防火线？怎么把外线扑火人员调回来……

张国华和战友问了两次："给我们什么任务？"

当询问第二次的时候，荆县长扭头问张国华："张教导员，你们能不能上去顶两个小时？顶到群众队伍撤出来就行。"

张国华说："可以。"说完，张国华命令副队长常福带一个分队上两边家属区去。

常福转身就走，荆县长也跟上去了。

当时镇上的男人不在家，妇女领着孩子，叫的叫，跑的跑，装车的、抱着贵重物品的，很是慌乱。

这么大的风，火是打不住的，但可以用风力灭火机顶住，争取时间在下边打隔离带。

这时北边又告急，那里是武器库和制材厂，还有油库和民房。盘古是个老林场，家家紧挨着，只要烧着一家，满镇皆燃。

战士们冲向了火场。但火太猛，不能直线往里插，只能走曲线，从半山腰开始。

火已形成一个包围圈，张国华和副教导员一人带着一个分队，硬是打灭了一条火带。

这时，郑元瑞书记顺着便道点起隔离带，把火截住了，果然争取到了时间。

森警官兵一下来，郑书记和荆县长就都过来了："你们真行啊，快回去休息，有情况再叫你们。"

战士们回去不过半小时，饼干还没吃几口，武装部史部长跑过来了："制材厂那边火又上来了！"

张国华带着两个小分队又顶了上去，一直打到凌晨4时。常福带着的那两个小分队还在家属区守着，一直不敢撤。

这时候，盘古外线的男人已经撤回来。张国华说，火不用你们打，把一米五宽的隔离带扒出来就行了。为了保卫家乡，他们扒得又快又好。

6时开始点火，从西北角贴着公路烧，一直烧到中午12时，终于与原来打灭的地方接上头了。

从出发到这会儿，已经一口气干了 30 多个钟头，战士们累得躺在草地上就睡着了。

13 时，县里的生产科长来叫他们点一条通向公路的防火线。点到最后 50 米的时候，忽然从后边蹿起了一股浓烟。

张国华看见旁边有一条小道，说："只好凭借这个了。"森警们把风力灭火机和水囊全部集中，排成一排。

这时候最见打火的巧劲，速度不能快，怕火跑了，也不能慢，因为烟眼看就到了。

战士们累得汗流浃背，他们跪着、趴着，可风力灭火机始终对着火头叫，用风力灭火机紧逼着火头往下走，一直烧到一块空地。

老百姓一看，喊起来：

扣头啦！

快下来歇歇吧！

战士们走到空地，因为断了电，没法从机井抽水，郑书记打开了一个卫生所的门，找到了水。

这是森警的规矩，只要停下来，第一件事就是为出发做准备——给水囊加水，给风力机加油。

刚坐下来 10 分钟，后山又喊了起来："不好啦，火又烧过来啦！"原来是飞过来的树冠火。

张国华、常福和几个战士，起身就朝后山跑。常福说："教导员，这么直上太危险！"

这时，火离家属区只有 100 米了，若不直上，从后边迂回，火就先到了。

他们集中灭火机和水囊，把火往后山逼。这时县里的消防车也过来了，又打又喷，头一个火头在离板墙四五米的地方灭了。

刚喘口气，第二个火头又从后边呜呜上来了，比头一个还猛。

这是森警大队几年打火遇到的最危险的情况。张国华掏出枪，对空啪啪放了两枪。

二分队正在上线守着，听到枪声，立即过来了，正堵在第二个火头上来的胡同口。这时有一股火已经舔到板墙上，一个战士忽地就钻了进去。

张国华担心战士的安全，也跟着进去了，接着又进去了七八个，连森林警察干部学校来实习的学员和他们的沈主任也进去了。

森警官兵们什么也顾不上想了，只觉得呛得喘不过气来。张国华喊："快跪下，在底下浇！"

浇着浇着，张国华看见一个叫张强的战士呛晕过去了。张国华一把把他拽到了铁栅栏边。

张强撞到铁栅栏上，缓过神，又奔过去了。战士们眼泪、鼻涕一把一把地掉在地上，硬是把板墙上的火压下去了。

第二个火头刚打下去，第三个又上来了。

等到打灭这火势，已是 17 时。

盘古保住了，大家松了一口气。一个老大娘拿着鸡蛋、鹅蛋，往战士怀里塞；有个个体饭店的老板于建文，挑来一锅汤。还有一个老大娘熬了一锅粥，非拉战士进屋喝不可。

张国华看战士们都饿坏了，就说："吃吧！"说完，他躺在一堆刨花上就睡着了。

第二天，盘古的群众联名找林业公司经理，非一户出 10 元钱，捐给战士不可。张国华说这绝对不行。

经理说："那好吧，告诉他们不捐钱，包饺子。"于是他们就展开了一场千斤水饺百人包的活动。

"没有素馅？马上广播！"播音员的声音刚一落，马上就有一些家属和学生拿着粉条，扛着萝卜，不到一上午的时间，就有 700 多户居民捐献了萝卜、白菜、酸菜、粉条等 1000 余公斤和大量的调料。

脸上和身上挂着黑灰的扑火队员们望着凝聚着亲人的深情厚谊的饺子，感激之中又含着惊讶："不简单！了不起！"一个个竖起了大拇指。

11 日，盘古生活服务站又送来了一口 200 多公斤重的大肥猪，刮了毛，肠、血、下水全送来了。这叫送全猪，是深山老林里最高的礼遇。

5 月 13 日 20 时，天还大亮，浓烟使周围的一切显得恐怖而又凄凉。黑龙江省武装森林警察机降支队二大队刚刚打灭了大小赤里河的两个火场，又接到西线指挥部的命令，向克拉赤河火场进发！

克拉赤河位于图强局南侧。消灭这个火场，可以使火不再向南发展，保住图强南线和阿木尔部分施业区。

一听说有任务，干部、战士们都来劲了。

教导员邵维昌带领 7 名战士冲上前去："我们的任务是迎住火头，封锁火线。"

森警战士平时训练有素，又有现代化的风力灭火机，加上有一定的火场经验，一般的火头，都不在话下。

天渐渐黑了下来，大火燃烧树木的声音噼里啪啦像打枪似的。

邵维昌带着分队长陈友军、新战士洪学森、副班长张伟、莫贵良等紧握风力灭火机拼命与大火搏斗着。

森警官兵不知不觉打了 25 公里火线。一个跟一个，每到一处，肆虐的火苗就威风大减。

14 日 7 时 10 分，明火全部被打灭了，5 处大火头被 7 名森警制伏了。

第二天，战斗班清理火场的战斗打响了。当战士们从宿营地返回的时候才发现，走一个来回竟需要 9 个小时。

黑龙江省武装森林警察机降支队支队长张庆斌接到西线指挥部马上撤回的命令时，他正带领 25 名干警执行阻止山火过路的任务。

5 月 18 日 21 时 30 分，张庆斌和战士们火速赶到古莲林场。此刻，铺天盖地的大火正从西向东朝古莲林场烧来。家属在转移，指挥部在转移。

这时候，林场书记阎福林匆匆跑来，气喘吁吁地说："距火头只有 100 米的车库西侧有两个 5 吨油罐非常危险，万一发生爆炸，贮木场、物资库、商店就全完了。"

战士们迅速冲到那里。张庆斌命令跟指挥部搜集材料的协理员张林等 7 个人带好工具，冲向火头。

开始，他们想用以火攻火的办法打一条隔离带，可是大火已迫在眉睫，点火根本来不及了。

张庆斌命令死死保住油罐。15 分钟后，松花江武警支队的 18 名干警和部分解放军、工人陆续赶到了。

此时大火距油罐只有几十米远了，随后赶来的人在大火的威逼下，一步步地往后撤。

风大、火猛，面对油罐这庞然大物，不少人乱了阵脚。大火在逼近！火头高达几十米，距油罐只有四五米远了，情况万分紧急。

此刻，森警支队二大队队长刘安怀、协理员张林和班长李晓辉、副班长赵振佐、战士张振良、韩洪成、刘英春等忍着强烈的烟呛火烤，把生命置之度外，手持风力灭火机，背靠着油罐，用身体筑起了一道人墙。

战士顾士忠左手被大火烧出了水泡，他就把风力机放在腿上，跪地扑打。

入伍不到半年的新战士刘晓峰背着水枪跑来，向被火烤得发热的油罐上拼命地喷水，后勤处处长孙士金也提着水桶冲向了火线。

凌晨 2 时 30 分，大火终于扑灭了，油罐保住了，贮木场、林场全保住了。

林场领导紧紧握住战士们的手，一个劲地说："多亏你们了，你们可真是一支铁军！"

一位老大娘对张庆斌说："我十多头猪都保住了，我要杀几头犒劳犒劳你们！"

5 月 18 日晨 7 时，黑龙江省武装森林警察机降支队某二大队的 70 多名指战员，赶到了 618 高地。

在此之前，他们已经在阿木尔的小宝尔河火场连续奋战 3 昼夜了。

618 高地位于大兴安岭北坡距古莲林场约 15 公里处，是临时起的名。

如果不及时将大火扑灭在 618 高地上，大兴安岭南线的原始森林、呼中施业区就要受到严重威胁，西线控制山火就有前功尽弃的可能。

副教导员于德文带一部分战士在前面开路，副队长田晓晨负责断后。他们先打了一条 70 米长的防火隔离带。

进入火场时是早晨，正逢气温低，风向稳，火苗也不高。对森警来说，这种火简直不堪一击。

没想到，在 10 时 30 分起了风，又遇上了一种叫雅格达的油质木本植物，火苗烧起来 1 米多高，特别难打。

当时两个梯队 12 台风力灭火机，交替着轮番进攻，到中午的时候，火还是烧到了原始森林的落叶松区。这种树一沾上火，能从底下一直烧到树梢，就像一根通体放明的大蜡烛。

烟柱高达 30 米时，忽而向里，忽而向外，战士们的脸烤得干巴巴的。

当时山里没有水，带的几壶水早就喝干了，又没吃饭。战士们的精神还在，可体质已虚弱到了极点。

当大火只距离森警们 500 米的时候，田晓晨大喊一声："冲啊！"

战士们如同在战场上与敌人肉搏那样，迅速冲了上去。跟在后面清理火场的，是某部七师的官兵。

森警战士刚冲上去，不料风向突变，大火突然向战士们扑了过来。

田晓晨副队长大喊："撤退！"

可是谁也没听见。没办法，于德文向空中鸣了两枪，战士们这才醒悟，刚刚撤下来，大火就吞没了那片林子。

第一个回合没能顶住，战士们不气馁。他们稍稍喘口气，为风力机加了油，立即又组织了十几台风力机一齐压向火魔。

大火还在疯狂地燃烧，战士们的衣服被烧破了，手上、脸上被烤起了大泡，裤子刮开了裆，但是没有一个退阵的。

分队长张继楼、王法样，副班长夏金库和战士们经过几十个回合与 12 个小时的火烤烟呛的战斗，超期服役的老兵王凤德手中的风力灭火机都被烧着了，但谁也没有退下去。

退下去的是山火，是 25 公里长的火线，618 高地终于保住了。

18 时，当打完最后一段明火时，战士们累得横七竖八地躺在了刚刚打灭的火线旁。

军警民奋力保塔河

5月9日11时，地处大兴安岭腹地的塔河向省里告急：

> 县城正被浓烟笼罩，室外能见度很低，烟气呛人。凶猛的火头距这座居住着5万人口的木材生产重镇只有30公里了！

5月10日，塔河县境内的大火又南窜了5公里，烧到距县城的最后一道门户绣峰林场附近3公里远的地方。

此时，北京传来李鹏发出的命令：

> 死保塔河县城！

驻黑龙江省某集团军所属、由"大胡子师长"吴长富率领的四团官兵，于凌晨2时最先到达绣峰。

战士穿过800米长的带冰碴的沼泽地，进入了指定火场。仅用了几个小时，就扑灭了一条近3公里长的火头。

然而火势太猛烈了，他们还没来得及喘息，又有三四个火头迎面扑来，把他们围困在熊熊烈火之中。

大火迅速向绣峰附近的运材公路逼近，几公里外就可看到浓烟翻滚，遮天蔽日，天空一下子暗了下来。

火头从运材公路以北的山沟，像游龙一样疾速爬上了山顶，疯狂地横压过来。

情况紧急。森警加格达奇空运一大队的战士赶到了，迅速点火烧隔离带。隔离带刚刚烧出 2 公里长，50 米宽，大火就劈头盖脸地卷过来了。

数米高的樟子松、白桦树，顿时成了一棵棵火柱。呼呼嘶叫的火舌高达百余米。现场人力太少，根本扑打不过来。

12 时 20 分，一团大火球从人们的头顶上飞过，落在三支线南半山腰上。三支线失守了。

转眼间，火头顺着树梢烧上山顶，燃成一片，并以每分钟 40 米的速度，向二支线扑去。

如果大火再突破二支线，处于三支线西南端的绣峰将成为一片火海，塔河县城再也没有可以阻挡大火的天然屏障了。

但是，在二支线一侧点火，"以火攻火"，一大片森林就要被烧光，这可是宝贵的国家资源啊！

设在塔河县城的前线总指挥部很快接到报告，立即磋商，权衡利弊。

由森警支队转业不到 3 个月的地区防火办副主任葛学林，顾不得场合，急得大叫："让战士打那么大的火头，等于去送死。放火！放火！出了事我宁愿去蹲大牢！"

前线指挥部批准了。这时是 15 时 45 分。葛学林抓住一台吉普车就向绣峰奔去。

半路上，他突然喊了一声："看！那是二支线方向在冒烟，这帮小子干上了。"

原来，担任二支线现场指挥的塔河县人大常委会副主任林国金和某师参谋长张向春，最先向县里请示获准，等不及前线指挥部命令，当机立断，命令军、警、民去二支线点火。

二支线上烟尘滚滚，运兵车首尾相接。13 时 53 分，某团官兵和森警战士终于在这里布起了防线。

"全部转移，每营 300 米，快！"战士们为森警清理点火现场，森警分成两组，呈梯形向山林纵深排开。

14 时 15 分，第一根火柴投向路边的草木丛中，火焰迅速升起。森警战士一部分在林中点火，一部分手持风力灭火机、往复式水枪控制火势。

19 岁的森警战士张亮，手持 20 公斤重的风力灭火机，站在烈火前不停地战斗着。

别人发现他身上在冒烟，忙喊："小张，瞧你衣服！"

这时，张亮的防火服、棉衣、衬衣早已烧着了，仅剩一层布就烧到皮肉了，他竟然一点儿也不知道。

火线越点越长。炮团围上来了，又一个团上来了。3 个团的官兵和新林局、塔河县的 1000 余名职工，手持树条子，先是 5 米一人，后是 10 米一人，沿着二支线另一路基一字排开。

当时风力 5 级，借火势达六七级，且是逆风点火，风火向人这边刮。有的人脸烧伤了，双眼红肿，泪流不止。

空气燥热、呼吸困难，许多人蘸湿了手巾、帽子捂在嘴上，或不时趴在地上吸一口湿气。

没有人退缩，没有人懈怠，人人都严密监视着自己把守的防线，不让一颗火星飞过公路。

当二支线的防火线顺利点燃，并逐渐拉开时，塔河县县长兼塔河林业局局长荆家良引领黑龙江省委常委白景富去三支线察看。

人都撤退了，路两旁的大火还在燃烧。他们乘坐的汽车，有几次是从浓烟烈火中穿过去的。大约行至 6 公里处，发现一片大火从空旷的草甸子上烧了过来。

几个人下车边观察火势，边放火去攻草甸子上的火头。

这时，他们突然发现有一股火正在向铁路烧过去。而他们加上两位司机，总共才 7 个人，怎么抵挡得了？

"快回去报告，调兵！"

19 时 21 分，白景富向前线指挥部报告：二支线和三支线之间的一个十几公里宽的火面向绣峰北边山上蔓延！绣峰告急！请急速调兵把守铁路！

19 时 28 分，绣峰的广播响了：

请各家各户将水桶、脸盆送来。

仅 5 分钟，水桶、脸盆就装满了 4 大卡车。此时，绣峰半面山上已全是肆虐着的火焰。

嗓子突然变哑的绣峰一把手冯锐带人先冲了上去。战士们紧急集合到达。

绣峰的妇女和大一点的孩子也跟了上来。人们浇湿衣服，准备决战。大火卷起几米高，扑向绣峰铁路路基，扑向站在路基上的人们。

大家豁出命来同大火展开了拼死搏斗。

强冲上去的同志几次被热浪顶了回来。战士们跑到水沟里沾湿衣服，捧起沙土，又冲上去。某团炮连班长刘春柱 3 次累倒在火场上，醒过来后又冲上去。

有的战士裹着湿大衣用身体在已着火的路基上滚着。荆家良命令大家不要钻进火海硬拼，可是，没人肯听。他不得不鸣枪示警。他心疼这几百个战士的生命啊！

火，终于在这些无畏的勇士面前屈服了。

5 月 13 日上午，李鹏在看望部队指战员时说：

> 救灾斗争再次证明，哪里有危险哪里就有解放军，你们不愧是人民的子弟兵。你们在这次扑救特大森林火灾中，是立了头功的，人民感谢你们。

长龙车队开进九支线

5月13日16时，从东北航空护林局和扑火前线报来的情况表明：

大兴安岭森林大火局部地区有所控制，但一些火区仍有扩展之势。

5月15日23时30分，由47台车组成的长龙车队，载着在东部战区第二战役中奋战了一天的某团指战员，从蒙克山向九支线地带开进。

团长赵井泉乘指挥车在长龙车队前开路，参谋长乘电台车殿后。沿途的浓烟、车队掀起的漫天灰尘，使车灯灯光迷离、朦胧，极大地影响了行车速度。

焦木味、浓烟味、汽油味扑进指战员的鼻孔和肺叶。崎岖不平的山路使车身剧烈地颠簸，许多战士都扒在车栏板上"哇哇"地呕吐起来。

5个多小时后，翌日凌晨5时多，部队终于抵达了九支线。

这时，东面的火头已经蹿了起来，二营奉命配合其他营前去堵截。经过13个小时的奋战，终于在19时左右基本控制住火势不再向西蔓延。

部队在陆续撤回中，观察哨发现了九支三叉沿公路由西南向东北卷来的特大火头。指挥部立即召开了短暂的营连干部会。

会上，一位连干部说："部队从 15 日凌晨 6 时 30 分到 16 日 19 时，始终在山上和火海中奔突，昨晚的车辆没有顶篷，灰尘大，剧烈颠簸，使许多战士吃进去的一点点干粮都吐了出来，体力大大地消耗。今天战斗一天，到现在仍是腹囊空空，没进一颗米粒。再说，九支三叉地带出现的特大火头来势汹汹，恐怕不容易截住。"

这一番合情合理的话引起了波浪。团首长有些犹豫了。

可此时怎容有半分犹豫？参谋长作了简单的战前动员，要继承我军在战争年代连续作战的传统，发扬在战斗中形成的"打得、饿得、跑得"的精神。

团长只扔下几句掷地有声的话：

这是一场意志之战！部队是来打火的，见火就打，这是我们的任务！

"这是我们的任务"，与会同志为之一震。是啊，责任重于泰山。

一场激战决定了下来。各分队接到命令时，五连指战员正端着饭碗盛面条，六连还在撤回的路上。

饭不能吃了，立即跑步 5 公里，赶到了九支三叉火场附近。一场以附近公路为依托打防火道的拼搏战打响了。

火头还有几公里，嚣张地蹿起十几米高，火舌贪婪地舔着天空。

指战员在夜幕下一边用锯、斧砍伐大树，甩铁铲、镰刀刨割着荆棘和干草，在最危险的地带采取了以火攻火的战法，一边把倒下的树木用肩扛运到后边。

衣服被刮破了，被汗湿透了，脱掉，最后只剩下一件背心。

手破了，拿布条缠上继续干。火魔在渐渐地逼近，指战员们深深地知道，如果这条防火道不打成功，公路一侧的 200 公顷森林就无法保住，这片森林一着火，就再也无法阻止火魔的蔓延，损失将是不可估量的。

指战员忍着极度的饥饿和疲劳，虽然眼冒金星，却仍使出浑身的力气砍呀，伐呀，扛呀。

终于，一条长 7 公里，宽 100 米的防火道打成功了，比火魔逼临此地早了 9 分钟。

指战员们顾不上喘口气，即刻兵分两路，握着灭火工具，向火魔侧翼环形包抄扑打。衣服烧着了，脸烧伤了。

六连二班新战士陆英杰个子矮、年龄小，且下肢得病浮肿，衣服和裤子烧了 4 个大洞，脸被烤得要滴血似的，却始终战斗在前面。

二机连炊事班班长朱小龙带领全班 4 个人把饭做好

送到火场后，立即参加了战斗。

经过 5 个多小时的激烈战斗，火魔终于低下了猖獗的头。各连派出警戒，沿公路清除残火，尔后进行休整。

有一个连队，指挥员在队列前喊了声"稍息"的口令，几名战士就累得倒下了，接着更多的战士也流水似的瘫倒在地上。

此时，时钟正好指向 17 日凌晨 1 时。

堵截住了特大火头后，战士们回到了驻地。连日来的疲劳和刚刚激战后的困乏，干部战士的脑际掠过的都是同一个念头：能囫囵睡上一觉便是最大的享受。

可是丝丝缕缕的浓烟尽往鼻孔和嗓子眼儿钻，令人发呛，再加上当晚气温在零下 10 度，冷得实在让人受不了。不睡，明天还有更重要的任务，怎能有精力？

于是，许多战士睡在车厢板上，睡在潮湿的地上，天做铺盖地做床。

东线铁军捷报频传

5月16日下午，大兴安岭扑火前线总指挥部到设在绣峰的东线指挥部开会，重新确定扑火战略。

人到齐了，只差东线总指挥、"大胡子师长"吴长富了。吴师长正在直升机上察看火情。

吴长富所在的部队最先赶到火场，成了绣峰一线的主力，人称"铁军"。

他来得匆忙，未刮胡子，来后又在火场昼夜奔波，几天几夜都睡不上觉，更没工夫理它，只好任它满脸长。老百姓称他为"大胡子师长"，却不知道他的姓名。

在战前动员会上，"大胡子师长"慷慨激昂：

> 东部火区11个火点，4条长火线，每时每刻在吞噬着大片森林，已不容我们磨时间！
>
> 我们要全面出击，将火线、火点切割、歼灭，速战速决。
>
> 我们决心已定，有不执行的，推诿责任的，延误战机的，军法处置！

5月9日16时，这个师第一梯队开赴塔河，军列计划在距塔河50公里的瓦拉干车站卸载。

　　吴长富的吉普车先头开至绣峰时，就发现了一股凶猛的火头。

　　绣峰离塔河23公里，是塔河的门户。如果部队在瓦拉干下车，只能眼睁睁地看着大火烧掉绣峰和塔河。

　　心急如焚的师长乘小车追火车，命令军列停下。

　　军列退至绣峰，部队指战员如猛虎下山般扑向火头。大火终于被扼制住了。

　　一连几天，东线捷报频传。

　　在绣峰林业公司会议室。吴长富推门走进会场，劈头就说："先向各位首长报告一个坏消息，我刚才在空中观察，大火离嫩漠公路只有1.5公里到2公里远了。我建议马上派人灭火。"

　　"那地方我熟。我马上带人上去。"年轻力壮、曾在塔河工作过几年的地委副书记张毅说完，立即走了。

　　第二天才知道，张毅率部队刚赶到那儿，大火眼看就要窜上公路，再迟一步大火就很难控制。

　　"大胡子师长"是怎样当上东线总指挥的呢？起初，由于烟雾大，飞机侦察看不清，东部火区的火情一直不明，前线总指挥部集中兵力打歼灭战的决心难以下定。

　　5月12日，吴长富带着杨参谋乘吉普车，一昼夜行程650公里，4次闯进火海，详细勘察了东部火区的火点、火线、地形、道路。

　　在他向前线总指挥部汇报时，谈了自己的一些扑火想法。前线总指挥部当即决定，成立东部火区扑火指挥部，由他任总指挥。

这些天，吴长富天上地下一日三次察看火情，料到这一带如果风向一变险情更严重，开始部署兵力时就做了重点设防。

前线总指挥部的绣峰会议仍在进行。前线总指挥请森警支队副队长葛学林在会上发表看法。

葛学林侃侃而谈："扑这么大的火，应是打得灭就打，打不灭就烧。只此一招，别无他法。"

他在军用地图上断断续续地画出个马蹄形："我建议集中力量，以嫩漠公路为依托，放火烧出隔离带，与前几天在绣峰二支线烧出的隔离带相通，在八里湾会合。这样，才能阻止火势向外线蔓延。"

某集团军副政委站起来说：

> 这是一次战略转变，从内线进攻转入外线
> 积极防御。一定要教育部队不能贪小失大。

此话有道理。一些战士舍不得自己在内线拼命奋战保卫下来的一草一木，命令下来硬是不撤，最后只得把他们强拉出来。

八里湾是此次防御战的重点地段，位于 20 站至 21 站之间，那条黄金之路在这里拐了个大弯，大约 4 公里长，因而得名。那一带有大片草塘，是黑熊、野猪、獐子的过夏胜地。

如果有大火从这里突破，势必要烧进大兴安岭东南麓，蓄积1.3亿立方米木材的原始森林将成为火海，鄂伦春族自治乡所在地十八站将会变成第二个西林吉。

5月16日当晚，指挥人员受命星夜调兵八里湾。新林林业局、十八站林业局、某部坦克旅、森警部队、齐齐哈尔预备役师龙江一团等5000多人准时到位。

随之，推土机6台、消防车6辆、60台风力灭火机被调到现场。群众还携带350把大斧、700把镰刀，5台给养汽车也满载食品赶到了阵地。

火怎么点，指挥人员连夜巡视线路，勘察点火现场。这里的公路两旁树木高大，灌木杂草丛生，倘若贸然点火，火苗极可能从树梢飞过公路。

指挥人员研究了气温、风力速度和内线火势推进速度，决定改变原定在17日晚点火的计划，先打出一条隔离带。

灭火主要以山川河流为线，打成隔离带，然后分割围歼，或以铁路、公路为线，针锋相对，与大火生死搏斗。打树冠火，扑地面火，铲地面火，让火无处藏身。

推土机扬起了巨铲，挖沟塘草地夷为土带，割灌机轰轰鸣响，大片灌木丛齐刷刷地倒下，油锯声、板斧声响彻山谷，易燃幼林顷刻伐除。

军民作战几小时，从20站到21站，开伐了一条宽100米、长40余公里的隔离带，到18日晚，一切准备就绪。

19时，全线同时点燃防火带。顷刻，火由点到线、烟由丝丝缕缕骤变为翻滚的烟团，火光冲天，夜空通明。

"刘师长，给你一个艰巨任务，在南面阻止火头进塔河。"

"姚团长，你去东面八支线扑火，防止大火向18站蔓延。"

"我跑步带上去！"

这时，吴长富已不再是东线总指挥，他完全凭高度的责任感，指挥着这场战斗。

这时，一位地方干部气喘吁吁地跑来："不能点火，一旦跑火，谁负责？"

"啥时候了？怕这怕那，就是不怕林场被烧掉，不怕国家森林受损失！出了事我承当！"

他第一次发了这么大的火。

火线上，汗流浃背、满身灰尘的军民们，百倍警惕，消防队员紧握水龙头，森警战士挂着风力灭火机，群众手持树条子，牵制着火龙按人们划定的轨道燃烧。

22时许，风向转变，在48高地的峰回路转处，地面火突然将一处旧楞场燃着，陈木干柴，火星四溅，时刻都有突破防线的危险。

齐齐哈尔预备役师政委齐万良、副师长赵学瑞当即调进一个营的兵力增援，和消防队员配合，经过一个小时的奋战，将楞场火扑灭，排除了险情。

23时15分，八里湾北侧18站林业局的防线，险象环生，地面火不断升腾到 30 米高的树冠上，时刻都会扑向嫩漠公路左侧的密林。

这时，塔河县人大常委会副主任林国金，指挥消防车在能见度只有四五米远的险境中冲了上去。

消防队员口含湿毛巾，眯着被浓烟呛得泪水蒙眬的眼睛，扬起高压水枪扑熄树冠火。经过半个小时的激战，又一次排除了险情。

19 日凌晨 1 时，这里烧出的防火带已同张毅指挥烧出的隔离带贯通，终于形成了马蹄形包围。放眼望去，绵延数十公里的大火向内线烧去。

大火被封住了。300 公里长的隔离带的打通，使几百万公顷森林得以保存。

至此，东线无战事，然而西线却吃紧了。"大胡子师长"和他的部队又开往西部火区的南线战场上了。

李鹏再赴火区慰问

5月18日上午，李鹏乘直升机抵达漠河看望灾民，并亲切慰问了参加抗灾抢险的解放军边防某部指战员。这是李鹏代表中央再次到火区慰问。

漠河县城是首先遭受大兴安岭这场特大森林火灾袭击的城镇，县城绝大部分建筑物被烧毁。

李鹏在听取了县委领导汇报后说：

> 党中央、国务院非常关心你们，全国人民也非常关心你们，新闻机构天天报道你们的情况。
>
> 你们虽然地处祖国最北端，但你们并不孤立，要振作精神，先安置好灾民，保证大家有吃、有穿、有住，不生病，然后充分利用林区有利条件重建家园，恢复生产。

李鹏说，有全国人民的支援，你们的困难会很快得到解决。

在这场火灾中，漠河县城保住了11栋办公楼房，全部安置了灾民。李鹏走进一些灾民的临时住处向大家表示慰问。

齐心灭火

他握住一位年近六旬的退休女教师张丹青的手说："不要难过，困难是暂时的。"

张丹青说："这要是在旧社会，我一家老少三辈只有一死。我谢谢你来看望我，有难我们能当。"

李鹏亲切地说："我们的政府是人民的。人民有了这么大的困难，我们怎能不来。"

李鹏还察看了火灾现场和一所临时幼儿园，看望一些照料孩子的女青年。

在这场火灾中，驻漠河解放军边防某部指战员表现出英勇顽强的战斗作风和舍己为民的高尚风格。他们顶住大火保护了数千名居民的安全。大火过后，他们把为数不多的粮食、衣物和药品送给了灾民，自己每天只吃两顿稀饭。许多灾民说，多亏了解放军的帮助，应该给解放军评功授奖。

李鹏接见了部分指战员，向他们表示感谢。他说：

救灾斗争再次证明，哪里有困难，哪里就有解放军。你们不愧是人民的子弟兵。

李鹏希望解放军指战员在帮助灾民重建家园中再立新功。

国务院秘书长、扑火指挥小组组长陈俊生，沈阳军区司令员刘精松，黑龙江省委书记孙维本、省长侯捷和国务院有关部局的领导，也一起慰问了漠河的军民。

消防官兵直插西线火场

5 月中旬，大兴安岭西线火情告急，火头直接威胁着内蒙古草原和小兴安岭林区。

乘飞机、火车、汽车，再跑步急行军，沈阳市消防支队 83 名干部战士奉命昼夜兼程，直插西线火区。

5 月 23 日 18 时 15 分，他们抢在西线火头前面，进入到阿木尔林场 2 号公路 5 号支线 12 公里处。

这里是两山间一道东西走向的峡谷。从谷口到谷底长 8000 余米，丛林怀抱着峡谷。峡谷南面，浓烟滚滚，林火势头正猛。

峡谷北侧是内蒙古草原和小兴安岭。峡谷像一个口袋，进得去，难出来，被称为"死亡谷"。这个峡谷是一道关键的防线。

前线指挥部把深入谷底、拦截火头的任务交给了沈阳市消防支队的 83 名指战员，命令他们不惜一切代价，坚持 24 小时，把火头控制在峡谷的南侧。

83 名指战员刚刚进入阵地，西南风便带着三股火头呼啸着掠过树梢，铺天盖地由正南、东南和谷口向他们扑了过来。

20 多台风力灭火机一字排开，严阵以待。这时，有的战士把在烟盒上写下的入党申请书庄重地交给了支队政治处干事陈玉奇，有的则在防火作业服上写下了留给亲人的最后两行字。

我们绝不后退半步！

一位战士扬起拳头。随之，一片拳头举了起来，战胜烈火的信念像一条纽带把大家的心连在了一起。勇士们以血肉之躯与火魔抗争，死保着"死亡谷"。

风向突然变了，西南风转西北风。很快，火头退却了，终于没能越过"死亡谷"。

前线指挥部 2 号首长、公安部消防处处长李春稿驱车赶来，见到这些可亲可爱、视死如归的消防战士，一连敬了三个军礼。

李春稿激动地说："我代表前线指挥部谢谢大家！"

战士们扑上去和他紧紧拥抱，激动得热泪交融在一起。

5 月 25 日夜，战士们开始搜山寻火。天下着小雨，他们一连翻过 9 座山 17 个岭。

进山，要带 3 天的干粮，这是当地山民的"山规"。战士们背着干粮，每人还肩负着 15 公斤左右重的灭火器。

他们脚踏泥泞的沼泽地在茂密的森林中穿行着。

突然，队伍中有人争吵，双方你推我搡，互不相让。原来是预备党员何立和新战士马连强正在争夺行装。

原来，小马因脸色苍白，走路开始打晃，如不减轻行装，就很难坚持。何立要替小马背行装，可小马硬是不给，他哭着，喊着："我行，班长，我行，你也……"

"我命令你给我！"何立有些火了。

"不，不，班长，你已经背了两个人的行装了。"年仅19岁的马连强坚持着自己的意见。

最终，行装还是被何立抢去了。

这83名消防战士在大兴安岭的生活是异常艰苦的。他们一进入塔河，每个班10个人，三天只能吃上一个拳头大的咸萝卜。

可就是这样一块咸萝卜，三天后10个人不知传了多少个来回，还剩下一半，谁也不肯多咬一口。

那些天，喝口开水真难。战士们吃压缩饼干就着冰水往下咽，一两顿后，一半的战士闹起了痢疾。

军医张哲急了，他找到带队的沈阳市消防支队战训科长李宏宝，要求设法让战士喝上开水。

李宏宝更是着急。他亲自跑出去，到处找水壶。在一个路边的小沟里，他捡到了一个三角形的机油桶。

他用火把桶上的油烧掉，然后为战士烧水。

阿木尔林场的一名工人看到后，把自己的一个小水壶送给了战士们。

另一名林场工人看到消防战士的嘴唇干裂了，从怀里掏出一个山葡萄罐头递给战士们。仅有57粒山葡萄的罐头，30名战士轮着吃了一圈，还剩下一多半。

消防支队的战士们分到了 3 根黄瓜，他们传来传去，闻了又闻，谁也舍不得吃，最后只好把一根黄瓜切成片，熬成一锅汤，大家一起喝了。剩下的两根，他们还留着过端午节呢！

生活虽然艰苦，可战士们毫无怨言。端午节前夕，他们兴致勃勃地开了一个篝火晚会。围着篝火，遥望满天的星，他们想起了亲人，想起了家乡沈阳。

曾 3 次荣立二等功的白金豹掏出写给妻子的遗书念了起来：

这也许是我最后一次给你写信了。雨芳，烈火无情，如果我牺牲了，请你替我做两件事：一是不要给组织上找麻烦，把抚恤金作为我的党费交给组织，我这个月的工资你留下 50 元，剩下的给我三哥邮去，让他给我爸爸买点酒，我爸爸喜欢喝酒。二是你不要太难过，孩子才四个月，我们又没母亲，你一定要再找一个伴侣，我的话请你一定要听。有时间回老家看看父亲，我想孩子，也想你……

天空依然闪着星光，静静的。火堆前的战士心中却像海浪一样翻腾着。

在数十万军、警、民协同作战，奋力扑救下，灭火战斗不断取得胜利，火场捷报频传，这场特大森林火灾终于被扑灭了。

清理残火的工作还在继续。

6 月 1 日 12 时 18 分，正在吃午饭的 83 名战士突然接到前线指挥部的命令：

> 在驻地 5 公里外又出现一股火头，必须立即扑灭。

"出发！"战士们丢下饭碗，跑步前进。

火区上空翻腾着滚滚黑烟，火借风势，风助火威，火光中不时传出可怕的"噼啪"声。

"上！"憋足了劲的勇士们举着松枝冲了上去。

有机玻璃面罩在热浪的烧烤下已经变形了，作业服烤着了，手和脸起了燎泡。

一股邪风在火场上打了个旋儿，猛地朝战士们扑来，退路被切断了。83 名指战员面临着极大的危险。

"队长，不能撤！"

"队长，咱们豁出去了！"

几十双眼睛盯着李宏宝。

李宏宝抹了把脸上的汗水，大声喊道：

> 同志们，现在全大兴安岭的指战员都在看着我们，中央领导看着我们，家乡父老也看着我们，为了不让已经取得的灭火胜利在我们这

里丢掉，为了最后的胜利，冲啊！

冲啊！冲啊！

83 名勇士呼喊着，又冲进了火海。

这气冲霄汉的声音压住了风声、火声，83 个矫健的身影在火光中闪动，在火海里穿行……

英雄的队伍，英雄的气概。他们在鞍山、抚顺灭火战友的协作下，经过 3 个小时的奋战，终于将火头的脖子掐住了，又一鼓作气扑灭了所有的明火。

"西线最后一个火头被扑灭了！"这一振奋人心的消息立刻传向前线指挥部，传向了北京……

当夜，扑火总指挥部宣布：森林大火全部扑灭。

邓小平签发了嘉奖令。

83 名勇士在这场灭火战斗中作出了重要的贡献，他们全部被记功嘉奖。

1987 年 6 月 2 日，中央人民广播电台向人们宣告：

大兴安岭西线最后一个火头被扑灭了！

人们记住了这一令人兴奋的时刻，更忘不了为扑灭最后一个火头而英勇战斗的 83 名勇士。

群众保护国家财产

5 月 7 日 18 时，火龙从西山冲进了贮木场。顿时，几十万立方米木材燃起了熊熊烈焰，火伴着狂风向近在一百米处的油库扑来。

这时，漠河物资能源公司赶到现场的 13 名同志，围着油库分成两道防线，摆出了与火魔决一死战的阵势。

"冲上去，截住火头！"当大火铺天盖地地烧到油库外围的第一道防线时，公司副经理张庆四大喊一声，率先迎着火头扑打起来。

浓烟呛得他们喘不过气来，烈火烤得他们睁不开眼睛，大风刮得他们站不稳脚跟，但他们没有一个退却的。

他们顾不得起火的家，心中只有一个念头：保住油库，保住国家财产。

突然，一个巨大的火球夹着燃烧的树枝和火炭散落在库区 32 个装满汽油和柴油的大罐中间。油罐一旦起火，就有爆炸的危险。

共产党员、公司经理张志奎站在大油罐上，高声发出誓死保住油罐的命令：

　　同志们，绝对不能让油罐爆炸！我们要与油罐共存亡！

大家把生死置之度外，拼命地用水和灭火器往捂在油罐口的石棉被猛浇猛喷。

一桶桶水，一只只灭火器同时对准滚进库区的火龙。水用完了，灭火器里的药液喷光了，他们就用铁锹挖沙子埋，用脚踩。

当油罐在高温的灼烤下发出"吭吭"的响声时，他们也仍未后退一步。一直拼到第二天清晨，不可一世的火魔终于被降伏了，1000多吨油安然无恙地保存下来了，近千户居民和附近的粮库、物资库、百货批发站免遭了更大的劫难。

可他们却累得精疲力竭，一下子都瘫倒了。

在烈火洗劫后的阿木尔镇区中心街道上，完好无损地站立着一幢淡蓝色的邮电局营业大楼。

楼内，已经恢复正常工作的营业室里，遭受山火袭击的受灾群众正在平静地邮寄信件、寄取包裹，一片繁忙的景象。

平静的场面与周围的断壁残垣相对照，很不相称。

5月7日23时，寂静的阿木尔邮电局办公大楼长话室里突然铃声大作，正在值班的邮电局局长田德礼抓起电话，话筒里传来地区邮电局领导的急切声音："漠河、图强长话线路不通，你局要马上组织力量立即查明原因……"

险情就是命令。田德礼放下电话，立即组织9名职工做好了线检的准备工作。

然而，他刚走出办公楼，便被外面的情景惊呆了。只见镇北部火光冲天，狂风中夹杂着人们的呼叫声，呛人的浓烟迎面扑来，凶猛的火舌燃着镇区北部之后，正以黑云压城之势向南扑来。

险情，使田德礼顾不得多想，他大声喊道："快，保护办公楼！"说完，几个箭步冲进二楼话务室。

他一面布置话务员姚玉梅快速搞好镇内电话通知，一面组织本局宿舍的单身职工挨家挨户传达火情，尽快疏散，同时又布置全体职工做好扑火战斗准备。

说话间，凶猛的烈火已呼啸着卷向了营业大楼。20米、15米、10米……眼看着，刚落成不到一年的邮电大楼即将毁于一旦。

田德礼大喊一声，率先冲向了最危险的地方。同来的20余名男女职工面对烈火也毫无惧色，纷纷拿着用水浇湿的衣服、被褥、脸盆、水桶、铁锨，背对着办公大楼同烈火展开了搏斗。

此刻，风更大了，火也更旺了，一步步逼到楼前。

为了切断通往办公大楼的火源，职工们顶着烈火浓烟，轮流在楼前的空地上浇水，堵窗户……几个小时过去了，办公大楼终于保住了。可这些搏火者的家却被残忍的烈火吞没了。

"顾不了什么了，立即组织人抢修长话线路，马上向上级报告险情！"

火扑灭了，人还未喘口气，田德礼又带着由 12 个人组成的小分队，投入了抢修长话线路的战斗。

他们车拉肩扛把材料运到维修现场，经过夜以继日的苦战，仅在短短的 3 天时间里，1000 多米的临时长话备复线路和几十处被大火摧毁的长话线路，与漠河至加格达奇之间的长途线路全线畅通了。

灾情信息和扑火命令通过这里迅速传向了四面八方。

也是在 5 月 7 日，刚下班回家端起饭碗的漠河县武装部部长张延礼，透过窗户看到外边烟越来越大，料事不好，便放下碗筷直奔弹药库去了。

张延礼刚走，他爱人陈静茹也要走。她是人事局的，要去抢档案。

"妈，你和爸都走了，我俩咋办？"两个孩子被吓得直掉眼泪。

"你俩别离开。朝有水的地方跑，妈妈得赶紧去单位了。"陈静茹来不及向孩子们作过多的交代。

23 时多，当武装部的弹药库保住，档案馆里的档案抢出来时，夫妇俩才想到孩子。幸好小哥俩按妈妈的嘱咐，跑到了河边，才幸免于难。

而这对完全可以在火来之前抢出自己家的彩电、洗衣机、存款的夫妇，却什么也没带出来，十多年的积蓄化成了灰烬。

在烟火弥漫的图强镇的沙石路上，林场工人李哲福向车库拼命奔跑。

几分钟前，也是在这条道上，他是拼命地朝家里跑。从漠河一路扫荡而来的大火袭击图强时，首先威胁的是西山下的居民住宅。

李哲福的家也在其中。晚上，他去单位，中途见火来了，他拼命朝家赶。跑到半途，他又站住了。如果大火把单位车库烧了，那可不得了！里面有 13 台汽车。

家里虽有彩电、洗衣机等，不过万把元。可车库和13 台汽车值多少钱？

李哲福转身来到车库，连抢了 4 台车。他开车朝河边转移的途中，正巧路过他的家。

那时，他家还没起火。他完全可以把家里的彩电和现金等抢出来放在汽车上。可这个普通的工人没有那样做。

当他和其他同志把 13 台汽车抢到河边时，他们的家已被大火吞没了。

5 月 8 日 17 时，在熊熊燃烧的阿木尔林业局局长缨林业联合公司综合厂的楞垛中，突然飞出一个大火球，越过长缨粮站仓库，落在粮站院内的楞垛上。霎时，烈焰腾空而起。

粮库招待所、门市部、办公室处在大火的威胁之中。

千钧一发。正在往外转移账本的阿木尔粮食局党支部书记王慧祥、工人马超勤、出纳员王玉军立即冲向火场。

公司领导也组织了一部分人赶到了。

有人在地上随手捡起工具，奋力扑打烈火；有人往墙壁、窗户上泼水；有人冲进屋里搬运保险柜和办公桌；有人干脆在水龙头上接管子直接往墙上浇水……

可是，贮木场和综合厂的火越着越大，人如果不赶紧撤退就有被大火吞没的危险。公司领导命令：停止打火，人员全部撤出！

人员大部分转移了。马超勤、王玉军、王慧祥3名粮站人员和刘忠明等十几名公司职工没有撤。

他们早已把个人安危置之度外了，冒着大火，迎着浓烟，拼命扑火。排子垛烧没了，粮站保住了。

他们还没来得及喘上一口气，就发现距综合厂楞垛最近的一个粮库有火在蔓延。

他们又立即用沙土和水灭火，拆除板墙。正在这时，长缨上空响起了尖利的枪声，这是在命令没有撤退的人立即撤退。

但这几个人咬住牙，用手抠，用木板当锨，硬是在大火中打出了一条防火隔离带。

21时，火势有些减弱，公司才又派来人增援，他们把各库房门撬开，拿出灭火器，将余火扑灭。

凶残的大火烧到了图强局筑路队，王宪贵家顷刻之间遭到大火的洗劫。

当夜零时30分，四周一片火海，王宪贵家的残火还在燃烧，他不顾妻子的一再挽留，冒着浓烟余火跑向电视台。

路上遇到了筑路队工人刘长文。当他们看到紧靠电视台西侧的仓房上的火时，他俩不约而同地喊了一声："保住电视台！"便一同与烈火展开了搏斗。

他俩拆、推这个长10米、宽3.5米的正严重威胁着电视台的仓房。

头发烧焦了，手脸烧伤了，他们终于把仓房推倒，把大火扑灭，使电视台转危为安，避免了100多万元的经济损失。

大火又扑向了图强镇电站东侧300米处的林地。

正在电站值班的工人邹维军、王影果断地发动了一组电机，接通了电站内深水井的水泵，用直径20厘米的喷水管向机房周围放水。

5月8日22时30分，贮木场内的木垛相继起火，这时风力已达8级以上，近一平方公里的贮木场区顿时化为一片火海。距电站10米远的一只油罐附近散放的木头，首先被灼热的大火烤着了。

他们临危不惧，一边向油罐洒水，一边用灭火器灭火。

刚刚扑灭了油罐附近的火，机房周围的木栅栏又着了起来。

他们又迅速用灭火器将火灭掉。电站附近的可燃物在大火的烘烤下，接连不断地燃烧起来，他们东扑西打，20多个灭火器用完了，就用水继续与火搏斗，一直坚持到第二天早晨。

7 时多，电站的其他同志才赶到，将余火扑灭。

经过一夜的奋战，价值 35 万元的五组发电机和价值 8000 余元的零配件及 600 平方米的机房全部保住了。

灾难最严重的图强，民房已所剩无几，公共建筑物只剩不到 10 幢没被烧毁。留下来的职工分散在 18 处用帐篷搭起的集体点里。

5 月 7 日傍晚，虽然漠河县城方面传来消息说自己能够控制火势，但图强林业局局长庄学义还是带人带车前去支援了。

奔到途中的育英林场时，大火已经席卷而来。图强局党委书记迟仁太接到庄学义的告急电话，即刻飞车到电台，操起话筒呼叫男职工上山打火，其他人赶快向河湾空地撤离。

大火进了图强，他才放下话筒。

那天夜里，河湾空地上跑来 1 万多人。有的站在河水中，有的趴在沙滩上。

狂风卷着大火袭击了图强镇。顿时火光冲天，迅速燃着了镇内工程处所在地的厂房和库房。

危急关头，正准备疏散的工程处推土机司机商孟春挺身而出，撇下家中老小，跑步直奔单位。

此时，凶恶的大火已将机库包围。在这危急的时刻，商孟春冒险闯入机库，凭着娴熟的驾驶技术，迎着熊熊燃烧的烈火，将推土机开出了库房。

此时，如果商孟春就此撤离还来得及，但他看到附近制材厂的一个木垛燃着了，如不及时截断火源，就会直接威胁整个厂房。

险情促使他开着推土机迅速向制材厂奔去。

面对 3 米多高的火舌，商孟春毫不畏惧，果断地驾驶推土机迎了上去。浓烟笼罩了驾驶室，呛得他透不过气来，眼睛也睁不开，

"玩命了！"商孟春咬紧牙关，硬是将正在燃烧的木垛推出去 20 多米。

国家的部分财产保住了，可商孟春一家 7 口人和全部财产却被凶恶的大火吞噬了。

解放军连续转场扑火

大火扑向河湾林场，老百姓往外撤，解放军战士们往里冲。大火被一条河阻挡，火头就扑上河湾桥，要窜过这座长 50 米，宽 8 米的木桥，往住宅区里烧。

大火烧着了桥桩，烧着了桥栏杆。

连长腾万福大吼一声："共产党员跟我来！"接着，"扑通"一声跳到河里，接连又跳下去 19 个战士。

河水齐腰深，河底的冰还没有化。20 个勇士起初用铁锨拍，不行。他们干脆沿桥两侧排开，用大衣沾水抢打。

上身烈火烤，下身冰水泡，那是怎样的滋味啊！他们在水里抢打了 40 多分钟，终于将火扑灭。

上岸时，下身麻木了，盖了四五件大衣，20 多分钟后才缓过来。他们已经一天一夜不曾吃东西了，可他们只休息了一会儿，就又爬起来，跑 20 多公里路去追打新的火头去了。

炮团八连的战士是主动上来打火的。开始几天，他们既没有上级机关调遣和指挥，也没有人给他们提供给养。

战士们写了 500 份入党、入团申请书，有的甚至写了遗书交给连队。许多战士这样说："保不住这地方无颜见父老。"

哪里有火，他们就追到哪里扑打。

四连代理副连长肇裕生家住前哨林场，他带兵三过家门而不入。家里哥嫂出山看病去了，只留下了小妹一人。

一次，小妹在家门口发现了他，上去一把把他拉住："哥哥，快帮我把家里东西收拾收拾吧！"

肇裕生一阵心酸，眼泪差点掉下来。但是，他心一横，手一甩，便带兵追火去了。气得小妹直跺脚："你个大傻瓜！"

五连指导员姜卫权带兵追火，碰上十几个避火的老百姓。他把战士们统统叫下车来，让老百姓上了车。

老百姓哪里肯走，说："要死，咱们大家一块死！"姜卫权给驾驶员下令："快开车！"

大火烧到河东林场村外一公里，一批战士打防火带，一批战士给他们阻挡火头。火在树梢上吱吱地乱窜，迎着烈火喘不过气来。

战士们憋足一口气，上去只能坚持 3 分钟，大家就分成两个梯队轮番上。

烟熏火燎，时间一长，有的战士一抹鼻子，掉了一层皮。

战士们在追火途中碰到一处设施。那里人太少，又都在岗位上。团里派一营官兵赶到那里时，发现火头离设施只有 400 米。战士们分兵把守，转瞬间就打出了 8 公里的防火带。

可是，火已烧到跟前，向油罐扑去了。铁锹拍断了，像 20 个勇士那样抢沾水大衣也无济于事。

只见四连党员、战士孙树林，脱得只剩背心衬裤，把沾水的大衣蒙到头上，冲到火里，蜷曲着身子满地打滚，果然火苗低了些。

几十个战士一看，也都照样滚上去。滚完后，再出来把大衣沾上水。

有个新兵说："过去在电影上看见有人喊'共产党员跟我来'感到滑稽可笑，可今天听来却感到非常亲切！共产党员是好样的！"

初次打火，没经验，免不了被大火包围。有 56 个战士被大火围困了 12 个小时，而且电台坏了，同外区联系不上。

打哪哪是火，手里挥舞的都是树条子，21 个战士累倒了。大家只剩下 8 个面包、半壶水，给谁谁都不要，最后还是 8 个面包、半壶水。

全团官兵都来了，打 5 颗信号弹，为他们指方向。

共产党员曹运衡、杨松林、高仁杰、回书杰、魏福发、王俊杰 6 个人开了紧急会议，要把生的希望留给他人，绝不丢下一个战士。

一个党员带几个人，手拉着手，打几步火，卧倒一次贴地面吸口气。

终于打出了一条道路，冲了出来。

这支在西线被称为扑火游击队的部队，在漠河县西北部同大火搏斗了 17 个昼夜，同友军和当地职工一起，保住了河湾、河东、前哨、古莲 4 个林场和一处设施。

在最初的 10 天里，他们只吃了 9 顿饭。有一顿每人只吃了两块干巴巴的饼干。

10 多个战士的大衣、军衣被撕碎了，多少天只穿着衬衣、衬裤。有个战士一只鞋没了，竟在脚底下绑块木板跑了六七天。

十五连的二班长罗义章，脚扎破了，鞋子烧焦不能穿了，竟赤脚追火 20 公里。

这个团奉命换防，去漠河东部战区。命令 19 时出发，可老百姓"款待"他们，死活把他们拖到后半夜两点半才放行。

他们许多人衣衫破烂，脸黑黑的。一些人嘴唇干裂，嘴角起了泡。

当团长想带着这些连续奋战了十几个昼夜的战士乘车赶往漠河东部红旗林场的火区时，一向说一不二的集团军参谋长急了："不行！把战士们累成什么样了，谁看了不心疼？让他们都下车，熬大米粥给他们喝，然后再上！"

防火隔离带打到哪里，用树干和塑料布搭的低矮的小窝棚就建在哪里。公路边，山脚下，水塘旁，草丛里，面对焦土，背向青山，比比皆是。

没有人知道数百公里长的火道上，究竟搭了多少个小窝棚。只知道搭窝棚，用去了塑料薄膜 40 多吨。

后勤往上送物资和食品，一天要耗资上百万元。

这些窝棚小的只能睡下一两个人，大的也只能睡下半个班，就是这样，也得一个挤一个。

战斗激烈而紧张的时候，战士们露宿在焦林里，忍饥挨饿也是常见的。

如果没有发生这场灾难，这些人不是主动请战，那么，他们本可以不在这里流血流汗，不在这里风餐露宿。他们也许本该住进医院病房，转业回乡团聚，或者留家照料病妻，出外旅游度蜜月。还有几十个战士更该去看一看被这场大火烧成废墟的自己的家园，凭吊死难的亲友。

但是，他们还是心甘情愿地来了。在扑火间隙，许多战士用桦树皮当纸，用烧过的木炭做笔，写了一副副对联挂在小窝棚的两旁：

烈火好似猛虎
战士胜过武松
所向无敌

树山有火神，谁敢伏？是人民子弟
林海有烟龙，哪个降？看北疆卫士
无所畏惧

啃咸菜喝凉水昼夜奋战

寝山坡住四地死守塔河
心甘情愿

　　小窝棚弱不禁风，白天闷热，夜里冰凉，行军水壶里的水冻得倒不出来，但这要比蹲露天地舒服一些。其实，在夜间窝棚大都空着，战士们都上山打火去了。天一黑，气凉风小，火苗发蔫，好打。

　　他们风餐露宿，倒也心安理得。一问他们此刻有什么要求，他们就说："有碗粥喝喝就好了。"

　　有时，他们冒着雨打火，随身携带的饼干、面包或烧饼，也在浑身湿透后，变成了糊糊，黏糊糊的。

　　早来的，一连20天没脱过衣帽。扑火时大汗淋漓，汗渍使得裤衩僵硬，大腿被磨红了，肿了，破皮了，渗血了。

　　一觉醒来，才觉得隐隐作痛，口干舌燥，全身像散了架一般。但只要前面突然出现火光，战士们便立时抖起精神，奔上去。

　　"水，谁还有水?"在塔河县樟岭南侧的某高地上一个嘴唇干裂、渗着鲜血的战士问道。

　　他身边的战友们把水壶晃了晃，早都空了。经过9个多小时的烟熏火燎，所有人都处在极度的干渴之中。

　　四周是一片焦黑的土地，没有残雪，没有沟塘。

　　"喝桦树水!"战士小王用嘶哑的嗓子喊道。

　　战士们纷纷掏出小刀子，拿起锯、斧等工具，在桦树上划出口子，用舌头舔着慢慢滴出来的树汁，吮吸着，久久不肯离去。

由于灭火行动紧急，战士们开赴灾区时都没带背包。一件皮大衣既是白天的衣着，又是晚上的铺盖。

五月初的大兴安岭，晚上气温在零下10多度。不要说在室外，就是在屋里盖厚被都嫌冷。

风餐露宿的战士为了取暖，有的钻进茅草里，有的三五个抱成一团，有的两两相对把腿伸在对方的大衣里入睡。

白天打火的极度劳累使他们倒地就睡，可夜晚刺骨的寒冷又无情地把他们一次次冻醒。

盘古的一位老大娘，在给山上灭火队的儿子送早饭时，路过某团十连的宿营地，当她看到稚气未脱的小战士洪军和刘洪升，抱成一团睡觉，还不时地哆嗦的情景，禁不住热泪盈眶，哽咽地说："孩子们，你们太苦啦！"

可就是这样，这些可爱的战士们依然无怨无悔、斗志昂扬！

先人后己的普通人

山火烧到马林林场家属区，气浪冲击着窗户，惊醒了正在熟睡的 15 岁少年赵金宝。他急忙喊起卧病在床的妈妈，母子俩冲出了房门。

这时院里的柴垛已蹿起一丈多高的火苗，出路被堵住了。

赵金宝马上拽着妈妈回到屋里，他抄起铁器拼命砸开后窗，和母亲一起跳了出去。房后情况还好，再跑出几十米就安全了。

"妈妈，隔壁怎么没有动静?"儿子突然问道。

这时母亲才看到左邻右舍还没有起来。东屋住着 66 岁的谢大爷，西屋住着的青年工人李学上山打火去了，只剩下妻子和一个 3 个多月的孩子。

"得把他们喊起来!"母子俩又跑回来，把他们喊了起来。火越来越近了，妈妈让儿子快跑，儿子让妈妈快跑。

李学家围着大栅栏，李学妻子抱着孩子跑不出来，眼看就要被火围住。赵金宝又一次放下生病的妈妈，急忙拔下几块木板。

谢大爷跑出去了，李学妻子和孩子也跑出去了。赵金宝找到妈妈时，火已经烧过来了。

妈妈用最后一口力气对儿子说："宝子，妈实在不行了，你快跑吧，不然咱娘俩都得烧死，快，快呀！"

"不！"赵金宝含着眼泪，硬拖着已经断气的妈妈走了四五十米。他被气浪冲倒了，面部、头、上肢、双脚、前胸、后背都被烧伤了。

大火吞噬漠河两小时前，县消防队司机原则接到了速去中队战备值班的紧急通知。

原则二话没说，转身走了。平时每次出家门，都要亲小女儿一下。小女儿出生才 70 天。

这时，女儿还在梦中，原则没顾上看妻子和女儿一眼就披衣而去了。

原则无论如何都没有想到，这竟是他与她们母女俩的诀别。

当晚，大火袭击了漠河，正当原则驾驶消防车去贮木场喷水灭火时，他的家也被烧着了。他爱人抱着女儿逃出家门四处躲藏。

原则在开车途中曾碰见过她们，但因火情太急，都没能停下车来救她们母女俩。

整个县城一片火海，她们只好钻进一家地窖里避火。眨眼工夫，房架落了。地板着了，烟火发疯似的朝地窖里灌。

第二天，原则未见妻子和孩子，心急如焚。但是他仍没有顾得上去寻找。

这时候的消防车是最紧张最急需的灭火工具。

大火虽然过去，可上百个煤堆，上千个木垛、房架还在燃烧。消防车司机的职责让他离不开呀！

第三天，原则从烧塌的地窖里扒出妻子和女儿的尸体。

这个男子汉悲痛欲绝："不是我不管你们啊，干我这行实在是离不开呀！我对不起你们呀……"

人们把哭昏过去的原则用车拉到医院。

他醒来以后，又强忍着悲痛回到了消防车的驾驶室里，开着车向火海冲去。

5月7日晚，大火卷着烧红的气浪铺天盖地地袭击了漠河。当时温度达到800度以上。

电视机在火中砰砰爆炸，玻璃化成了水，铝锅成了一摊泥，缸里的酸菜成了灰。

火是极其残忍的。当晚，当大火把数千民宅燃着时，毫无准备的漠河群众拥到边防某团操场避难，黑压压的有好几千人。

仅一个小花坛上就挤着三四百人。人影、火影，人声、火声，嘈嘈杂杂，一片混乱。

群众还不知道，比火更可怕的危险正威胁着他们。这里的弹药库装着百余吨弹药，一旦爆炸，漠河就将像落下了一颗小原子弹。

此时，火舌已经把弹药库房檐上的油毡引燃了，哧哧作响。

"都趴下，头不要抬起来，如果听到爆炸声，不要闭嘴！"军务参谋何平对群众大喊着。

不知所措的群众顿时安静了下来，几乎像新战士完成训练动作一样整齐。

空旷的操场上，只有何平一个人站着，迎接着可能发生的巨大危险。

与此同时，后勤处副处长刘光松带着战士柴兵、王祥朝弹药库冲去。

风大火猛，人无法接近。王祥把衣服一脱，裹在脑袋上滚了过去。这时风已把弹药库的门吹开，火星直朝里蹦。

滚过火海的王祥，箭步上前，楔子一样，死死地用肩抵住大门，被热浪裹挟而来的火星落在他的脸上、头上，这个普通的战士都一直坚持着。

扑火队伍上来了。他却由于烟熏火烤时间过长而昏倒在弹药库门前。

当凶猛的山火向西林吉扑来的时候，共产党员、西林吉林业局营林公司政工干事许维国、汽车司机凌亚彬驾驶一辆装有 8 箱手榴弹准备炸火头的汽车，在县防火指挥部门前刚刚停稳。

巨大的山火呼啸着向漠河县城压过来了。距此 30 米外的房屋顷刻起火燃烧，装有手榴弹的汽车随时都有爆炸的危险。

一旦爆炸，不但车毁人亡，附近一些没有来得及撤出的群众和几所大楼也会受到严重威胁。

在这千钧一发之际，许维国、凌亚彬毫不犹豫，飞身跳上汽车向外冲去。

当他们驾车闯过火海来到县城中心时，浓烟滚滚，对面不见人。凌亚彬凭着对地形的熟悉，在浓烟中摸索着前进，汽车被烤得嘎嘎直响。

前面的道路又被大火封住了，怎么办？许维国对凌亚彬说："太危险了，我是党员，你下去，车由我开，咱俩不能都死了！"

"在这种时候，我怎么能离开？"凌亚彬说着，一踩油门，车像发疯似的向浓烟冲去。前面就是他们的家，他们看见自己的房子在燃烧，父母、妻子、儿女在烈火中呼救着。

他们把嘴唇咬出了血，却没有停车去救自己的亲人。

谁没有父母，谁没有妻儿？他们的儿女情长早已化作了一身勇气。

经过3个多小时的殊死拼搏，他们终于安全地把手榴弹拉到了安全地带。在亲人生死不明的情况下，他们没有回家，却又奔向了逃难的群众。

烈火呼啸着冲进图强镇时，图强林业地区公安局消防中队的警报拉响了。

电话员张春雷手握话机和指挥部保持着联系。这时，屋门大开，两个小孩跑了进来。他们一边喘着粗气，一边说："叔叔，救救我们吧！"

张春雷急忙把孩子拉到身边，无情的大火把整个营房烧着了，他和指挥部已无法联系，便拉起两个孩子撤离。

张春雷把小孩送到河边，返回营房的途中，在浓烟烈火中发现了一位老太太和一位中年妇女正在一幢房子前徘徊。他头顶着浓烟，跑到她们跟前，喊着："快往河边跑！"

他搀起老人，拉起中年妇女冲过浓烟，把她们送到了河边。

张春雷已经跑得上气不接下气，猛一回头，又听见一栋房子门前有人在大声哭喊："快救救我的彩霞吧！快……"

张春雷不顾一切地扯起地上的一床棉被披在身上冲进了屋里。

彩霞得救了，张春雷却被烧成了重伤。

在火区中，有来自同一家庭的 3 个军人，他们是父亲和两个儿子。父亲周合，某师原副师长，1983 年退居二线。

部队接到救灾命令，这位老军人如火燃眉："让我这把老骨头再干点事吧！"

周合整装待发时，得知大儿子周斌和小儿子周建也要随部队上火线。

老伴急了："去可以，但不一定都去，全国有 10 亿人口，干吗我们一家就去 3 口？"

周合望着老伴说："养兵千日，用兵一时，我们是军人之家，国家用上我们，怎么能装熊?"

父子 3 人一夜间都走了。

这位 16 岁参加抗美援朝，并在上甘岭战斗中荣立二等功的老军人，一到火场，就请求上阵。

当某团被大火围困在山上时，周合亲自出马去营救。他带领着 7 辆军车，冒着浓烟和燃烧的大火冲过三道火线，救出了面临生命危险的指战员。

又一次，西线指挥部下达了第二个灭火方案，实施前需要到现场进行实地勘察。当时正刮着五六级大风，火区的火势很凶，在这危险的情况下，他又把任务抢到了手。

车进入火区时，道边的火舌舔着车体，浓烟弥漫，车体受到严重威胁，随时都有危险。周合这位老军人临危不惧，仍沉着地指挥司机，使军车冲出火海，圆满地完成了任务，为及时落实灭火方案立了大功。

他的两个儿子在战斗中也表现得非常出色。

群众支援灭火官兵

某部三机连和八连，因接受任务急，来不及准备，每人只穿了一件夏装，带了一件大衣。

到前线后，住在林业公司的大车库内，里面阴冷潮湿，干部战士晚上冻得瑟瑟发抖。

住在车库后面的林业公司四段职工姜树国、李永红、车永生见后，曾3次找营连领导要求指战员上他们家去住，都被婉言谢绝了，而且战士们把他们送来的被子也给退回了。

解放军某部奉命在樟岭与盘古公路之间开辟防火隔离带。紧张而繁重的劳动，使战士们体力消耗很大。刘林看在眼里，疼在心里，当天就烧了4大桶土豆肉丝汤，骑上自行车，往返几十里地送给部队。

当他看见战士们香甜地喝着肉丝汤时，别提多高兴了。从那以后，每天中午他都坚持为部队送热汤，一直到部队撤离为止。

一天中午，刚回家的杨大娘发现几位战士在离她家不远的一栋房子里啃饼干，喝凉水。心想：解放军扑火救灾风里来雨里去，再吃不上热乎饭那哪儿行！

回到家中，她立即动手做了一大锅足够十几个人吃的大米饭，又炒了一水桶鲜嫩的豆腐，叫来两个孩子，抬着送到战士们中间来了。

一连几天，她都精心做好饭菜送到部队。两个孩子也跑前跑后，给战士刷鞋、寻针线、送茶水，忙个不停。

5月9日10时，孩子们正在上课，忽然，隐隐可以看见火光在从西北两个方向向塔河逼近。塔河一小的1000多个孩子惊恐万分，不知该怎么办。

山火瞪着通红的眼睛在威胁他们，恫吓他们。

这时，老师把他们从教室里领了出来："同学们，不要害怕，不要乱跑，赶快到操场集合！"

1000多名孩子看老师们都在，慌乱的心顿时平静了许多。

老师们很快带着孩子们转移到了呼玛河边，在那里坚持了3个多小时。

大火稍稍隐退，老师才把孩子们一一送回家去。此后他们便一直在火海包围中、在呛人的浓烟里生活。

孩子们每天照常上课。放学时年龄大些的孩子主动把一二年级的小同学送回家，然后自己再回家。

"森警叔叔驻到咱们学校啦！"这消息很快在同学们中间传开了。一传十，十传百，学生全部跑到学校里来了，他们手里拿着暖水瓶、洗脸盆、毛巾和肥皂，请叔叔洗脸、喝茶。

孩子们看到战士们出来匆忙没带行李，准备盖棉大衣睡觉，便咬耳朵商量了一下，然后他们都飞奔回家，不一会儿工夫便送来了一床床棉被，有的还是崭新的，总共有 1000 多床。

他们帮助森警叔叔把课桌拼起来，把被褥整整齐齐地铺在上边。

一列列军车从塔河开往前线，孩子们每天早晨七八点钟就奔到火车站去，提着粥桶、茶水桶、糖水桶，拿着饭碗、茶壶。有的还从家里拿来咸菜、大蒜、鸡蛋、饼干、罐头之类的食品。列车一停下，他们就都跑上去，给叔叔们送热粥、热菜。

战士们严守纪律，虽然又饿又渴，但他们绝不接受孩子送来的东西。车上你推我让，争得难解难分。

一个三年级的小男孩在鹅蛋上写了这样的话：

亲爱的叔叔们，你们千里迢迢来兴安，出生入死保塔河，让我们安心去上课，这个鹅蛋礼物虽小情意深，代表少先队员一颗心。

不久，有 70 多名灾区学生插到他们班级里来了。塔河的同学送他们每人一个大文具盒，里面装满了各种文具，还给他们送去了书和本子。

一场大火过后，孩子们好像一下子成熟了许多，聪敏机智了许多。他们突然间都长大了。

四、 经验教训

● 在扑火中，黑龙江和内蒙古气象局共作业 18
次，16 次降雨成功，保住了 150 万公顷的
森林。

● 黄有年与另一位邻居把水桶放成一排，靠着
墙，监视着烈火。

● 陈俊生说："这场火，永远不能忘记。"

陈俊生汇报灭火情况

1987 年 6 月 4 日，在淅淅沥沥的雨中，最后一处火点被扑灭。经国务院领导人批复，塔河防火总指挥部宣布：

持续燃烧27 天的森林大火全部扑灭。

整个林区响起了一阵阵欢呼声。

这次扑火共打出隔离带总长达 891 公里，它凝结着参加扑火的 5.8 万多人的血汗，不仅对围隔这场森林大火起到了控制作用，而且对防止今后发生类似大火也会起作用。

参加这次扑火的队伍是多层次、多兵种、地空结合的。在扑火中综合利用了多种手段。凡能利用的手段都尽可能地利用了。

国务院秘书长陈俊生在《关于大兴安岭特大火灾事故和处理情况》的汇报中说：

在组织指挥上，针对火场分散、面积大、扑火人员多的特点，强化了第一线的统一领导、统一指挥。根据国务院决定，成立了前线总指挥部，黑龙江省委书记孙维本任总指挥，沈阳军区副司令员石宝源、黑龙江省委副书记周文华、内蒙古自治区副主席白俊卿、林业部副部长董志勇和徐有芳任副总指挥。总指挥部下面设立了五个分指挥部，实行分片指挥。

事实证明，前总这次扑火实行了军警民三结合，在扑火行动中，解放军、专业队伍和职工群众三方面力量协同动作，显示出了较强的战斗力。

这次扑打大面积的山火，整个队伍的行动，既坚决、迅速，又没有蛮干。

武装森林警察和公安消防干警发挥了突击队的作用。由于他们装备较好，手段比较先进，有丰富扑火经验，因而在打火头，消灭大火、险火上起到了别人不能代替的作用。

林区职工、群众是扑火的重要力量。他们熟悉山区地势和气候特点，富有扑火经验，同解放军、专业队伍密切配合，为赢得扑火战斗的胜利作出了贡献。

● 经验教训

灭火的胜利同各部委的大力支持分不开。

空军、民航打破常规，超强安全飞行 1500 多架次，空运 2400 多人次，人工降雨作业 18 次，发射降雨弹 4700 发，降雨面积 2 万平方公里，出色地完成了侦察火情、空降、空投和运输任务。

铁道部门承担了扑火救灾的繁重运输任务，开出了大量专列，以最快的速度把部队提前运送到火场。

领导干部亲自到一线调度指挥，保证了通往灾区的铁路运输畅通无阻。

在铁路员工的努力下，专列安全周到地转移疏散灾民5万余人次，扑火救灾物资随到随运。

气象部门成立专门小组，严密监测大兴安岭森林火情，及时提供火区卫星资料和天气预报，为组织指挥灭火和实施人工降雨提供了重要依据。

由黑龙江和内蒙古气象局实施的人工降雨也起到了一定作用。

飞机在灾区上空收捕云朵，一旦发现即钻入云层倾洒干冰降温，播撒的催化剂形成千千万万个核，在云中滚大、下落，化成雨滴，降至火区。

在扑火中，黑龙江和内蒙古气象局共作业18次，16次降雨成功，保住了150万公顷的森林。

邮电部门争分夺秒地抢修被毁的通信线路和设施，派出专门通讯车到第一线服务，保证了通信。

地矿部门主动派出装有红外线扫描装置的专用飞机，协助解决因烟雾弥漫而难以侦察火情的困难。

民政部门及时救济和疏散安置灾民，同有关部门和地方合作，使5万多灾民有吃、有穿、有住。

公安部门积极侦察火灾原因，采取了封山、清山等措施，加强治安管理，维护了灾区社会秩序的稳定。

教育、商业、医药、卫生、物资、机械、化工、轻工、煤炭、交通、文化等部门和保险公司，中国科学院，以及中央和地方的新闻单位，都为这次扑火救灾作出了贡献。

黑龙江省、内蒙古自治区上下动员，全力以赴，为扑灭大火和安置、救济灾民做了大量工作。

党中央、国务院、中央军委对参加这次扑火救灾的广大军民给予了高度的评价。

中央军委主席邓小平发布通令，嘉奖参加扑火救灾的全体指战员。

国家主席李先念和国务院分别致电，亲切慰问扑火救灾的全体人员。

中国政府还接受了来自联邦德国、日本、加拿大、英国、美国、意大利、新西兰、澳大利亚、捷克斯洛伐克、法国等 20 多个国家和地区的政府、团体和个人，以及 7 个国际组织的各种援助。

其中，写着"来自日本的礼物"字样的日本红十字会药品，在漠河各救护医院分发，来自英国的白色帐篷，在图强分发……

不能忘记的深刻教训

陈俊生说："这场火，永远不能忘记！"

正像任何事物都有它的两面性一样，扑灭大兴安岭森林大火，固然给我们留下了可歌可泣的壮烈史诗，但同时，它也暴露了许多问题。

无情的现实，深刻地告诫了人们一个最简单的道理：一颗玩忽职守的小小火星，往往会酿成烧毁数百万公顷绿色宝藏的灾祸。

塔河县县长荆家良认为，这场火虽然烧去了很多森林，但也烧出了林业的希望。过去只知道向森林索取，却不肯向森林进行像样的规模投资，应该用心去注意抚育森林，防护森林，然后才是采伐森林。

这次森林大火的发生，教训极为深刻。

陈俊生在汇报中分析事故原因时说：

一、林业部领导思想麻痹，防火观念淡薄……

二、企业管理混乱，规章制度废弛，职工纪律松懈，违反操作规程，违章作业。

现已查明，造成这场特大森林火灾的直接原因，并不是天灾，也不是坏人破坏。最初火源是林业工人违反规章制度吸烟，以及违反防火期禁止使用割灌机的规定，违章作业造成的……

三、防火力量薄弱，专业队伍很不健全。这次扑火战斗证明，森林警察对护林防火可以发挥很大的作用，但是这支队伍的建设被忽视了。

在这次火灾中遭受惨重损失的漠河县，竟然在今年防火期之前的 3 月份撤销了一个有 76 人的森林警察中队，人为地削弱了专业消防力量。这是一个很大的教训。目前森林警察队伍无论从数量上、素质上都远不能适应需要。应该有计划地加强，做到一旦发生火情，就能够依靠自己的专业队伍就地扑灭，打早打小打了，不使小火酿成大祸。

四、林区防火的基础设施很差，远远不能适应护林防火的需要。大兴安岭林区的森林面积是伊春林区的两倍，而瞭望台仅 31 个，不足伊春的 1/3。

陕西渭南林业机械厂生产的风力灭火机是有效的灭火工具，但这个厂却长期没有生产任务。

一个灭火机的灭火能量可顶十几个人，而大兴安岭林区风力灭火机只有 301 台，是伊春

经验教训

的 1/3，控制火灾能力很差。

大兴安岭林区道路很少，目前每公顷平均只有 1.1 米，防火隔离带也很少，着了火就连成一片，人、车都很难上去。这是造成这次扑火难度大的一个很重要的原因。

总之，林区防火基础设施必须相应加强。对这个问题，林业部门要注意，有关部门也应考虑给予应有的支持……

在大火袭击漠河县城时，漠河县林业局工人黄有年动员几户邻居留下，勇敢、聪明地保卫家园。

他们抢起斧子砍掉屋前燃烧的木栅栏，用衣服扑打、用水桶浇灭落于屋顶的团团火球。对低飞的小火，他们则用身体滚压。

路边有堆两米多高的柴垛着火，黄有年与另一位邻居把水桶放成一排，靠着墙，监视着烈火。直到柴垛烧透，才小心翼翼地把灰烬铲到路边沟里。

一夜对峙，东方欲晓，被送去避难的家属们忐忑不安地回来时，发现人和家园完好如初。

黄有年认为，如果漠河能组织起来，全城毁不了那么多。

大火一来，漠河人争相走避。谢保荣、周喜等退休老工人不愿离开，他们组织了 20 多个同样倔强的退休老工人，一直在火车站打防火墙。

凭着高度的责任感，老工人们终于把一个完整的车站，除氧气瓶仓库爆炸外，均保留了下来。

他们还组织人员，用尽全力把完整的铁路家属区保护下来。

同样，由于准备及时和打防火墙顽强，漠河第二木材加工厂厂长胡守本和职工们保住了厂子。

马林和盘中两林场相距不远，地理、自然条件基本相同。5月7日晚，大火先到盘中，后到马林。

由于盘中事先有所准备，派出了观察哨，居民也很快组织起来了。

凶猛的大火一到，广播一遍又一遍地招呼所有群众集中到空旷的学校操场上。

烈火袭来，青壮年被组织在人群外围抵挡，统一号令，操场上的人一齐卧倒，脸埋在事先挖好的土坑里呼吸，躲过了席卷而过的火头。

盘中1000多老小，无一伤亡。

约40分钟后，大火烧到了马林林场，因为防范措施不利，结果11人葬身火海，26人烧成重伤。

大火25天里烧过100万公顷土地，焚毁85万立方米存材。如果大火所过之处，能有更多的勇敢的保卫家园者，能做更多的准备工作，损失就能少些。

防患于未然，消防工作也是一样。1986年春天，县糕点厂着了火，消防车拉着警笛来了，水枪手端起水枪摆起架势。谁想，消防车的水箱里没有一滴水。

平时，消防车多用来接送客人，有时接送客人竟也拉起警笛。久而久之，人们习以为常。

漠河县是我国最北部的一个县，经济效益相当可观，县上花钱大手大脚，可是在防火投资上，却抠得令人瞠目。按理，这里应该建一座气象站，哪怕建一个气象哨也好。可是，他们却舍不得投入。

火灾的发生是个极其惨痛的教训。

恢复生产重建家园

5月16日，国务院成立了由国家计委副主任刘中一牵头，有关部门负责同志参加的大兴安岭灾区恢复生产重建家园领导小组。

随后，领导小组到灾区进行了实地调查，提出了具体方案。

5月19日，万里副总理主持召开国务院常务会议，听取了李鹏以及林业部扑火救灾领导小组的情况汇报。

这次会议提出，要抓紧动员一切可能动员的力量，特别要保证灭火工具的供应，尽快将火扑灭，并妥善安置好受灾受伤群众。

会议严肃批评了林业部在领导上存在的某些严重的官僚主义倾向。

5月25日，田纪云副总理带领国务院有关部门负责同志，到大兴安岭灾区，检查了解扑火救灾情况，慰问扑火军民和受灾群众，看望了伤病员，察看了西林吉、图强、阿木尔受灾现场和防火隔离带等设施。

田纪云在塔河主持召开了国务院现场办公会，听取了前线总指挥部的汇报，对如何夺取扑火战斗的彻底胜利和恢复生产、重建家园工作进行了研究和部署。

会议要求：

坚决、彻底、全部、干净地消灭余火、残火、暗火；要大力宣传和表彰扑火斗争中的先进人物和先进事迹；要足够估计这场火灾给国家和人民带来的损失，认真总结经验教训；要尽一切努力安置好灾民，确定了恢复生产、重建家园的原则，对多渠道筹集资金提出了具体要求。

在扑火斗争取得胜利后的 6 月 6 日，万里代总理主持召开了国务院全体会议，听取了孙维本和刘精松同志的汇报。

田纪云对这场大火产生的原因、危害、深刻教训以及今后在受灾林区重新植树营林等工作讲了话。

会议要求全国各地方、各部门和各企事业单位都要把安全生产当作头等大事，采取一切可能的措施，保障国家和职工群众生命财产的安全，严防重大事故的发生。

本书主要参考资料

《绿色王国的浩劫》杜力 肖桐编 中国文史出版社

《大兴安岭火灾纪实》邓澍著 华岳文艺出版社

《大森林的悲歌：大兴安岭火灾纪实》魏亚南著
    青岛出版社

《红色的警告》贾培信 刘海兰编 中国林业出版社

《森林大火灾》乔迈著 江苏文艺出版社

《首都记者赴大兴安岭火场亲历记》戴晴编 华夏出版社

《火，永远不能忘记的：大兴安岭扑火救灾纪实》
    王闻主编 黑龙江人民出版社

《沈阳军区大兴安岭扑火纪实》沈阳军区政治部编
    辽宁人民出版社

《透视当代中国重大突发事件》程美东主编 中共党史出版社